KB114036

역천마신

逆天魔神

이민섭 新무협 판타지 소설

FANTASTIC ORIENTAL HEROES

역천마신 3

이민섭 新무협 판타지 소설

초판 1쇄 찍은 날 § 2016년 1월 26일
초판 1쇄 펴낸 날 § 2016년 2월 2일

지은이 § 이민섭
펴낸이 § 서경석

편집책임 § 김현미

펴낸곳 § 도서출판 청어람
등록번호 § 제387-1999-000006호
등록일자 § 1999. 5. 31
어람번호 § 제2-2635호

주소 § 경기도 부천시 원미구 부일로 483번길 40 서경B/D 3F (우) 14640
전화 § 032-656-4452 팩스 § 032-656-4453
http://www.chungeoram.com
E-mail § chungeorambook@daum.net

ISBN 979-11-04-90617-6 04810
ISBN 979-11-04-90566-7 (세트)

逆天魔神

역천마신

③

이민섭 新무협 판타지 소설

FANTASTIC ORIENTAL HEROES

도서출판 청어람

제1장
습격

황보대산은 진천에게 가장 좋은 방을 내주었다.

약을 섭취하기 위한 준비의 일환으로 좌선에 들어간 황보대산 덕분에 시간을 벌 수 있었다.

'수라환단을 가지고 온 것이 다행이었군.'

수라환단에 혼기를 불어넣는다면 정순한 기운을 만들 수 있을 것이다.

진천은 수라역천심법을 운용하며 혼기를 일으켰다.

수라환단에 깃든 사기를 흡수하며 그 자리에 혼기를 깃들게 하였다. 혼기는 모든 부정한 것을 통제하는 기운이었다. 사기는 결코 혼기를 넘어설 수 없었다.

사기가 진천에게 회수되며 혼기가 깃들었다.

신비하게도 혼기가 깃들자 검은빛에서 황금빛으로 바뀌었다. 탁한 잿빛으로 변할 줄 알았지만 결과는 달랐다.

진천의 수라역천심법이 한 단계 진보한 결과였다.

'넓고 깊은 경지다.'

도저히 그 끝이 보이지 않을 정도로 깊었다.

진천은 이 깊은 곳을 건너가야 했다. 세간에서 현경이라 부르는 경지에 그만의 방법으로 도달해야 했다.

진천은 이 환단을 혼천단(混天丹)이라 부르기로 했다. 내력 증진보다는 부정한 것을 제어하는 것에 탁월한 효과를 발휘할 것이다.

신천은 자리에서 일어났다.

진천이 밖으로 나가자 노을이 지고 있었다.

진천은 혼천단을 가지고 황보대산이 있는 곳으로 갔다. 황보대산은 준비를 마친 듯 백의를 입고 있었다.

죽든지 살든지, 둘 중 하나가 될 것이다.

가부좌를 틀고 있던 황보대산이 정신을 차리며 진천을 바라보았다. 체내의 모든 기운을 한데로 모으며 진천을 기다리고 있던 것이다.

그곳엔 황보미윤 역시 자리하고 있었다. 황보미윤은 눈물을 머금고는 진천을 바라보고 있었다.

"그것이 그 환단인가?"

"예."

진천은 혼천단을 황보대산에게 건넸다.

황보대산은 혼천단을 받아 들고는 크게 감탄했다. 황금빛이 흐르는 것이 범상치 않아 보였다.

소림의 대환단을 견식한 적이 있는 황보대산이었다. 그 소림의 대환단도 이 정도는 아니었다.

대환단은 자연의 일부로서 크게 느껴졌다면 이것은 그것을 넘어서는 무언가를 지니고 있었다. 인세에 존재할 기운이 아니었다.

'이런 기운이 있다니……'

그것은 황보대산에게 두려운 마음을 들게 했다.

이 환단을 만든 인물이 어떤 인물인지 대략적으로 짐작이 되었다. 그가 상상할 수 없는 무학을 지닌 고수일 것이다. 황보대산은 그렇게 생각할 수밖에 없었다. 놀랍도록 정순한 기운의 안에는 정기와 탁기가 아름답게 어우러지고 있었다.

'구분이 없다. 하지만 분명 존재한다. 신묘하군, 신묘해.'

황보대산은 진천을 바라보았다.

이 환단은 세상에 둘도 없는 보물이었다. 황제가 온다고 해도 구할 수 없는 그러한 종류의 것이었다. 황보대산에게는 기연이 분명했다.

이런 천하의 영물을 아무런 망설임 없이 건네는 진천이 너무나 대단해 보였다. 자신이었다면 과연 할 수 있었을까?

황보대산은 고개를 저었다. 현경을 바라보고 있다고는 하나 욕심은 버릴 수 없었다. 오욕칠정을 극복해야 비로소 우화등선을 바라볼 수 있다고 한다. 황보대산은 그 발끝에도 미치지 못함을 인정해야 했다.

'크게 될 인물이다. 반드시 잡아야 한다.'

황보대산은 자신의 목숨에 대한 걱정보다도 진천을 어떻게 하면 잡을 수 있을지를 걱정하고 있었다.

"고맙네."

"아닙니다. 가주께서 완쾌하신다면 그것이 무림의 홍복이 될 것입니다."

"허허, 자네가 그렇게 말해주니 기쁘군."

그저 형식에 불과한 말이었지만 진천의 입에서 나오니 왠지 진심이 느껴졌다. 황보대산은 부드러운 눈빛으로 진천을 바라보았다. 그리고 황보미윤과 눈을 맞추었다.

"황보세가의 귀한 손님이니 네가 잘 모시거라."

"거, 걱정하지 마세요."

"허허."

황보대산은 눈물이 그렁그렁 맺힌 황보미윤의 모습에 진한 미소를 그렸다.

그의 부인을 꼭 닮은 그녀는 어느덧 아름다운 여인이 되어 있었다. 살아서 미윤이 행복해하는 모습을 보고 싶었다. 포기했던 삶의 욕구가 샘솟고 있었다.

"그럼……."

건물의 주위에는 호위 무사들이 호법을 서고 있었다.

호위 무사들은 진천을 존경스러운 눈빛으로 바라보고 있었다. 진천의 이야기가 퍼진 탓이었다.

진천은 혼천단을 복용하고 눈을 감는 황보대산을 바라보다가 고개를 숙이고는 건물 밖으로 나왔다.

노을이 지고 있었다. 붉은빛이 상당히 아름다웠다.

진천은 노을을 바라보았다. 살고 죽는 것은 하늘이 결정하는 일이었다. 황보대산의 죽음은 하늘이 결정했을 것이다. 하지만 살아난다면 자신이 그 운명을 비튼 것이다.

'내가 모든 흐름을 바꿀 것이다.'

황보대산이 살아난다면 현문대사가 말한 거대한 흐름이 운명일지라도 비틀 수 있다는 확신을 가지게 될 것이다. 진천은 그렇게 생각했다.

"단 공자님."

황보미윤의 목소리가 들렸다. 그녀의 목소리는 떨리고 있었다. 진천이 노을을 등지며 천천히 뒤돌자 황보미윤이 진천에게 달려와 안겼다.

진천은 살짝 당황하며 그녀를 내려다보았다. 진천의 앞섶이 젖어 들어가고 있었다.

황보미윤은 울고 있었다. 그런 그녀의 모습에 진천은 어색하게 그녀의 어깨 위에 손을 올릴 뿐이었다.

"흐윽, 정말 고마워요."

"아닙니다. 당연한 일입니다."

"그 누가 그런 영약을 가볍게 내놓을 수가 있을까요? 단 공자님이시기에 가능한 일이에요."

황보미윤이 고개를 들어 진천과 눈을 맞추며 말했다.

진천의 품에 안겨 있어 상당히 가까운 거리였다. 황보미윤은 그것을 깨닫고 화들짝 놀라며 진천의 품에서 떨어졌다.

"죄, 죄송해요."

"아닙니다. 황보 소저의 마음이 이해가 됩니다."

그것은 거짓말이 아니었다. 만약 누군가가 희연을 다시 살려준다고 한다면 진천의 반응 역시 황보미윤과 전혀 다르지 않을 것이다.

[주군, 이쪽으로 향하는 무리들을 발견했습니다. 진무방의 무사들입니다. 게다가 은밀하게 이동하는 살수 집단도 보입니다.]

흑운의 전음이 들려왔다. 먼 길을 단번에 달려온 것 같았다.

진천은 진무방이 움직였음을 직감했다.

'살수 집단이라······.'

그 살수 집단은 진무방 소속이 아닐 것이라는 직감이 들었다. 진무방은 거대하긴 했지만 아직 황보세가를 칠 정도는 되지 않았다. 하지만 다른 거대 세력이 가세했다면?

황보세가라 해도 위태로울 것이다.

'노리는 것은 나와 황보대산이겠군.'

진천은 고개를 끄덕였다.

[흑영대를 이끌고 근처에서 대기하라. 내가 명령을 내릴 때까지 대기하도록.]

[존명!]

전음을 마친 진천은 부끄러운지 아직도 고개를 숙이고 있는 황보미윤을 바라보았다.

'살려야겠지.'

황보미윤은 황보대산 만큼이나 필요한 존재였다.

황보미윤이 죽는다면 황보대산이 살아난다고 해도 그 성과가 퇴색될 것이다.

"황보 소저."

"네?"

진천이 황보미윤을 바라보며 말하자 황보미윤이 천천히 고개를 들어 진천을 바라보았다. 황보미윤의 얼굴은 여전히 붉게 달아올라 있었다.

진천의 진지한 얼굴을 보자 황보미윤은 어떤 말도 할 수 없었다. 그저 침을 꿀꺽 삼킬 뿐이었다.

"위험합니다. 피하시지요."

"네?"

"습격이다!!"

진천이 그렇게 말함과 동시에 사방에서 병장기가 부딪히는 소리가 들려왔다. 황보세가의 무인들과 침입해 온 습격자들이 맞부딪힌 것이다. 황보미윤은 빠르게 상황을 파악했다.

"도대체 누가!"

도대체 누가 황보세가를 급습한단 말인가? 그것은 백도 무림의 적이 되는 일이었다.

'진무방? 아니면 제갈세가?'

황보미윤의 머리가 맹렬히 돌아갔다.

휘이익!

진천이 단천검을 뽑으며 날아오는 암기를 쳐냈다.

황보세가의 앞마당을 빠르게 채우며 적들이 모습을 드러냈다. 황보세가의 무인들이 빠르게 경공을 써 진천의 뒤에 착지했다. 그들의 움직임은 명백히 황보대산을 노리고 있었다.

"설마……!"

황보미윤도 그것을 알아차렸다. 흑의를 입은 무인들이 황보대산이 있는 곳으로 움직이고 있었다. 그 움직임을 보건데 황보세가에 세작이 있는 것이 분명했다.

살수로 보이는 자들이 그림자에서 올라오듯 바닥에서 스윽하고 나타났다. 살기가 주변을 덮어갔다. 그 기세로 보건데 상대는 적어도 절정 이상이라는 것을 알 수 있었다.

"황보세가의 여식도 처리해야겠군."

"당신은 누구죠?"

"제갈세가의 사람이라고 해두지."

"그런 거짓말로 날 속일 수 있을 것 같나요?"

살수들 사이에서 서 있는 자는 제갈세가의 사람들이 주로 입는 복장을 하고 있었다.

하지만 황보미윤은 그들이 제갈세가의 사람이 아니라는 것을 알 수 있었다.

"네놈이 단진천인가?"

진천이 그를 가만히 바라보자 그는 내기를 끌어 올리며 진천을 노려보았다.

"이곳은 제가 막겠습니다. 가주님을 보호해 주십시오."

진천이 황보세가의 무사들에게 그렇게 말했다. 하필이면 얼마 전 대규모 상행을 떠난 터라 황보세가 내의 무인들이 꽤빠진 상태였다.

황보대산을 지키기에도 버거워 보였다. 황보대산은 지금 중요한 시기였기에 방해를 받아서는 안 되었다.

진천과 호위 무사들은 눈을 맞추었다. 호위 무사들이 황보미윤을 둘러싸고는 뒤로 물러났다.

"단 공자님!"

"괜찮을 겁니다. 저들은 저를 노리고 있습니다."

"하지만…!"

호위 무사에게 눈짓을 하자 호위 무사들이 고개를 끄덕였다.

"조금만 버티시오. 곧 구하러 오겠소!"

그렇게 말한 호위 무사가 황보미윤을 데리고 물러났다.

그들의 입장에서는 진천보다 황보미윤, 황보대산이 더 중요했다.

진천과 같이 싸우고 싶은 마음이 강했지만 애석하게도 몰려온 숫자가 상당히 많았다.

"대단하군. 감히 혼자서 상대하려 하는 것인가?"

"분산시키는 것이 낫다는 판단에서였다. 난전이 벌어진다면 살수들이 가장 이득을 취하지 않겠나?"

"역시 명석하군."

진천은 두려워하는 기색이 전혀 없었다. 흑영대가 주위에 있을 것이다. 자신이 명령하기만 한다면 흑영대가 가세하여 상황을 반전시킬 것이다.

하지만 지금은 그들을 보일 때가 아니었다. 진천은 목숨이 위태롭지 않은 이상 진면목을 보일 생각이 없었다. 이곳은 황보세가였고 자신은 진천으로서 남아야 했다.

'내가 어느 정도까지 할 수 있을지 궁금하군.'

호승심이 일었다. 살수들의 모습에 과거가 생각났다. 지금 저 살수들의 모습은 그때와 다를 바가 없었다. 그것이 의미하는 바를 진천은 아주 잘 알고 있었다.

'마교.'

저 살수들은 마교의 살수였다. 풍기는 분위기를 보건데 그때의 그 살수들과 동일했다.

진천은 정면의 사내를 바라보았다. 사내는 살수와는 달랐다. 느껴지는 분위기와 기세는 살수보다는 무인에 가까웠다.

구관호 정도의 실력자는 되는 것 같았다.

진천은 구관호와 겨루었을 때보다 강해져 있었다. 그의 성장 속도는 경의로울 정도로 빨랐다. 그것이 사법과 수라역천신공의 위력이었다. 주화입마가 없는 진천은 모든 것을 시도해 보고 깨달음을 얻을 수 있던 것이다.

'이자를 빠르게 처리해야겠어.'

살수들과 같이 덤빈다면 진천이라도 고전을 면치 못할 것이다. 수라역천신공을 선보이려면 주변에 눈이 없어야 했고 그것을 본 상대를 반드시 다 죽여 입을 막아야 했다.

진천은 빠르게 혼기를 끌어 올렸다. 사기를 잠재우고 정기만을 끌어 올리자 짙은 푸른빛의 검강이 떠올랐다. 진천이 검강을 선보이자 사내는 신중한 표정이 되었다.

"네놈이 구관호를 꺾……."

진천의 몸이 빠르게 앞으로 나아갔다. 한 수에 정기로 발휘할 수 있는 전력을 담은 것이다.

단천검법은 빠른 쾌검이다.

위력이 부족하다는 단점이 있었는데 진천에게는 해당되지 않았다. 막대한 내력에서 뿜어져 나오는 검강은 빠를 뿐만 아니라 너무나도 위력적이었다.

진천의 몸이 흐릿해지는가 싶더니 사내를 순식간에 훑고 지나갔다. 단천일검(斷天一劍)이라는 단천검법의 오의에 속하는 초식이었다.

이영환위와 비견되는 속도로 순식간에 상대를 가르며 지나가는 쾌검술이었다. 보법, 검법 그리고 내공이 받쳐 줘야 간신히 펼칠 수 있는 오의였지만 진천은 모든 것을 갖추고 있었다.

사기를 제외한 정기를 쓰고는 있지만 그것도 혼기의 일부분이었다. 혼기는 자연 위에 군림하는 역천의 기운이었다.

그 위력은 단천검법을 충분히 단천이라는 이름을 달 수 있게 만들어주었다.

치잉!

사내의 검이 갈라졌다. 말을 하다가 급습을 당한 탓이었다.

진천이 정파의 인물이기 때문에 방심한 이유도 있었다. 갑자기 선공을 해올 줄은 몰랐기 때문이다.

구관호와 비견되는 고수치고는 허무한 최후였다.

"비, 비겁한……."

죽으면 그걸로 끝이었다. 비겁하거나 정당하거나 하는 말은 산 자만이 할 수 있는 것이다.

사내의 허리가 갈라지며 스르륵 하고 미끄러졌다. 살수들조차 눈을 부릅뜰 정도로 굉장한 쾌검이었다.

살수들은 진천이 소문보다 더 강한 고수로 파악되자 진열을 정비했다.

진천은 일검에 죽어버린 사내를 바라보고도 아무런 감정을 내보이지 않았다. 살수보다 더욱 살수 같은 표정이었다.

진천은 살수들을 바라보았다.

과거 진천을 고통으로 몰아넣었던 살수들이 왠지 가소롭게 느껴졌다. 저 살수들과 흑영대를 비교하자면 흑영대가 한 수 밀리는 것은 확실했다.

하지만 곧 저들을 넘어설 정도로 성장할 것이다. 짧은 시간 안에 그 정도로 성장한 것이 기적적인 일이었다. 진천이기에 그렇게 만들 수 있던 것이다.

진천이 자연의 순리를 벗어났기에 가능한 일이었다. 진천은 살수들을 바라보면서 입을 떼었다.

"마교의 인물인가?"

살수들은 자신들의 정체가 단번에 밝혀지자 조금은 당황한 눈치였다.

"소문 이상이야. 살려둘 수 없는 자로군. 싹을 잘라놓는 것이 좋겠지."

"생각보다 쉽게 인정하는군."

"단진천, 네놈은 이곳에서 죽을 것이다. 죽은 자는 말이 없는 법이지."

그 말에 진천은 그답지 않게 크게 웃었다.

"그래, 그렇지. 죽은 자는 말이 없지."

"살!"

살수들이 흉흉한 기세를 뿌리며 달려들기 시작했다.

진천은 그들이 자신의 주위를 포위하기 전에 경공을 써서 황보세가의 담장 위로 올라갔다.

팅! 팅!

비수들이 춤을 추듯이 진천을 향해 날아왔지만 진천은 단천검을 휘둘러 쳐냈다.

살수들이 진천을 따라 이동했다. 진천은 담장 위에서 황보대산이 있는 쪽을 바라보았다.

황보세가의 무인들이 습격자들과 맞서서 싸우고 있었다.

팽팽한 접전이 이어지고 있었다.

살수들은 다른 것엔 신경 쓰지 않는 듯했다. 오로지 진천을 죽이기 위해 진천에게만 집중하고 있었다. 목적은 황보대산과 자신이 확실했다.

진천이 마교를 언급하자 살수들은 확실히 진천을 죽여야겠다고 생각했다. 마교의 이름이 지금 나와서는 안 되었기 때문이다.

본래라면 저들과 합류해야 했지만 저들이 어찌 되든 상관없다는 태도였다.

모르긴 몰라도 놈들은 마교를 너무 믿었다. 그리고 얕보았다.

'마교의 살수가 가담하지 않는다면 황보세가 쪽도 해볼 만하겠지.'

진천에게 있어서는 무척이나 잘 된 일이었다.

놈들 중에서 가장 강한 고수를 순살한 것이 크게 작용했다.

'밝군.'

진천은 담장 위에 선 채로 하늘을 올려다보았다. 아름다운 보름달이 밝게 떠올라 있었다. 그림자가 진하게 질 정도로 달은 밝았다.

진천은 숭산에서의 일이 떠올랐다.

숭산에서는 땅을 기어 다니며 이슬로 목숨을 연명했었다.

단지 저들에게 백도 무림의 정의를 보여주기 위해, 스승의 죽음을 가슴으로 삼키며 그렇게 버텼다. 벌레를 씹어먹고 벌레처럼 기었다.

그들에게 백도 무림의 정의를 보여주리라! 그렇게 생각하며 버텼다. 하지만 정의란 건 존재하지 않았다. 다만 정의라는 탈을 쓴 이익만이 있을 뿐이었다.

진천은 그때와는 다르게 지금은 이렇게 달을 올려다볼 여유가 있었다. 그 역시 그들과 똑같았기 때문이다.

진천에게 정의란 존재하지 않았다. 복수만이 남아 있을 뿐이었다.

"한눈을 팔 여유가 있나?"

"여유라……"

무척이나 여유로운 모습이었지만 그의 정신은 날카롭게 날이 서 있었다.

진천은 현문대사를 떠올렸다. 그의 스승이 이런 살수에게 당했으리라고는 생각하지 않았다.

저 살수들은 고수가 분명했지만 자신과 비슷한 정도에 지나지 않았기 때문이다.

현문대사는 결코 진천의 아래가 아니었다.

파앗!

진천은 담장을 박차고 날아올랐다. 공중을 가르며 빠르게 나아갔다. 내력을 끌어 올리며 경공을 펼친 것이다.

진천은 황보세가에서 벗어나 숲 속으로 진입했다.

이곳은 산이었다. 대나무가 빽빽하게 들어차 있었고 숲의 기운이 느껴졌다. 숭산만큼이나 좋은 숲이었다.

산은 언제나 그의 편이었다.

모든 것이 바뀐 지금에도 그것만은 달라지지 않았다.

우뚝!

진천은 대나무 숲의 한가운데서 멈춰 섰다. 진천이 멈춰 서자 살수들이 나타나며 진천의 주변을 포위했다.

"스스로 죽을 자리를 고른 것인가?"

살수들을 이끄는 대장격의 살수가 진천에게 물었다.

흉흉한 안광은 숭산에서의 일을 다시금 떠올리게 해주었다. 진천의 입꼬리가 부드럽게 올라갔다.

너무나 기분이 좋다는 웃음이었다. 살수들은 그 미소를 본 순간 섬뜩함을 느꼈다. 저런 종류의 미소를 본 적이 있었다. 그들이 주군으로 모시는 자가 저런 미소를 짓곤 했다.

그럴 리가 없다.

주군은 신이다.

살수는 고개를 저어 그 상념을 떨쳐 냈다. 그는 단진천이었고 최근서야 백도 무림에서 떠오르는 애송이었다. 결코 하늘

같은 주군과 동일 선상에 놓을 수 없었다.

"즐겁군, 즐거워."

진천은 웃고 있었다. 웃으며 그렇게 말을 내뱉었지만 그의 말은 너무나 차가웠다.

살수들의 입에서는 입김이 흘러나왔다. 추운 날씨가 더욱 춥게 느껴졌다.

진천에게서 살기가 뿜어져 나왔다. 결코 정파의 인물이라고는 볼 수 없을 정도의 짙은 살기였다.

살기에서는 죽음이 느껴졌다.

스릉!

진천은 단천검을 들었다. 단천검에서는 짙은 푸른빛의 검강이 뿜어져 나왔다. 그 검강은 살수들에게 긴장감을 불러 일으켰다.

인정해야만 했다.

진천은 검강을 자유자재로 뿜을 정도의 고수였다. 세간의 평가보다 더 고수였다.

하지만 아무리 고수라도 자신들을 당해낼 수는 없을 것이다.

살수들은 그렇게 생각했다.

살수들이 진을 형성하며 진천의 주위를 돌았다.

'아무도 없군.'

주위에 시선은 없었다. 마음껏 날뛸 수 있었다.

진천의 감춰져 있던 혼기가 고개를 들기 시작했다. 그에 검강의 색이 점차 잿빛으로 변하기 시작했다.

불길한 기운이 진천의 몸에서 뿜어져 나왔다.

흠칫!

살수들은 진천의 기세에 압도당하며 다가오지 못했다. 진천은 천천히 검을 들고는 살수들을 노려보았다.

"너희 모두는 바닥을 기게 될 것이다."

"살!"

그 목소리와 함께 살수들이 교차하며 달려들었다. 비수를 날리고 갈고리가 달린 쇠사슬을 날렸다.

살수의 검이 진천의 시야를 어지럽히며 그의 사혈을 향해 뻗어왔다.

진천은 그것들이 지척에 이르기까지 가만히 검을 들고 있었다.

쉬익!

살수의 검이 지척에 다다랐을 때, 진천의 검이 일순간에 움직였다. 수라검법이 펼쳐진 것이다.

팅팅! 타앙!

빛이 번쩍하더니 비수와 갈고리가 동시에 튕겨 나왔다.

사혈을 노리며 날아온 비수와 갈고리는 맥없이 진천의 검에 의해 튕겨 나갔다.

진천의 검이 움직였다. 방어 초식에서 태세를 전환한 것이었다. 그것이 일순간이라 느껴질 정도로 너무나 부드러운 연계였다.

살수들이 검을 뻗어왔다. 마치 시간이 멈춘 것처럼 모든 것이 명확하게 보였다.

진천은 지금 이 순간에도 성장하고 있었다. 살수들의 검과 맞부딪칠수록, 그들의 무공을 상대할수록 성장하고 있었다.

휘익!

진천의 검이 살수의 검들과 부딪혔다. 살수들의 검이 교차되며 자신의 사혈을 찌르려는 순간 진천의 검이 움직인 것이다.

서걱!

진천의 검강이 그들의 검을 단번에 갈라 버렸다.

그의 검은 그에 그치지 않고 잿빛의 검강을 뿜어내며 정면의 두 살수를 갈라 버렸다.

살수들은 믿을 수 없다는 듯 눈을 부릅뜨고 있었다. 모두 한 호흡에 일어난 일이었다.

구관호의 매서운 공격에 비하면 이것은 어린아이 장난이었다.

진천은 이미 구관호의 깨달음을 자신의 것으로 만들어가고 있었다. 천하에 둘도 없을 근골과 사법, 그리고 진천의 뛰어난 머리가 만난 결과물이었다.

'겨우 이 정도인가?'

자신에게 아직도 악몽을 꾸게 만드는 그 숭산에서의 흉수들은 겨우 이 정도의 실력을 지니고 있었다.

지이잉!

진천의 검이 검명을 토해냈다. 진천이 먼저 움직였다. 수라신법을 밟으며 나아가는 진천의 모습은 잔상을 그릴 정도로 빨랐다. 진천이 옆으로 빠르게 움직이자 살수들이 진열을 유지하며 진천에게 달려들었다. 살수의 움직임은 대나무의 방해를 받았지만 진천은 전혀 그렇지 않았다.

진천은 누구보다도 산을 잘 알았다. 나무, 그리고 대지는 그의 아군이었다.

기울어져 있는 대지, 죽은 낙엽, 그리고 축축한 습기가 느껴졌다.

화경이라 부르는 경지에 도달했기 때문일까? 혼기로 육체가 재구성되었기 때문일까?

진천은 일반적인 화경의 고수라 생각할 수 없었다. 사혼단에서 보충되는 내기는 그의 내력을 끊기지 않게 해주고 있었다.

"개진!"

거친 목소리가 들려왔다. 그 목소리에는 살심이 가득했다. 저 살수들은 화경의 고수라도 죽일 수 있는 살수들이었다. 하나 진천에게는 통하지 않는 듯했다.

옆으로 뻗어가던 진천이 갑작스럽게 방향을 틀었다.

진을 형성하려는 순간의 틈을 노린 것이다.

예측하지 못한 순간에 방향을 틀었기에 살수들은 일순간 진천의 신형을 시야에서 놓쳤다.

타타타닷!

진천의 모습이 흐려졌다. 사방에 진천의 발자국이 생기더니 여러 개의 그림자가 뻗어갔다.

수라신법 환영신(幻影身).

드디어 진정한 수라신법이 펼쳐진 것이다.

콰아앙!

뻗어간 그림자의 끝에서 진천이 모습을 드러냈다.

순식간에 살수의 등을 점하며 정수리에서 사타구니까지 갈라 버렸다. 그 모습에 주위에 있던 살수들이 빠르게 검을 들며 진천을 향해 검을 찔렀다.

진천은 자신의 목을 노리는 검을 한 손으로 잡았다. 검기가 서려 있는 검을 손으로 잡은 것이다. 진천의 손에는 수강이 맺혀 있었다.

진천은 검만을 다루는 검수가 아니었다.

수라신권의 파괴력은 천하 일절이라 불러도 손색이 없을 것이다.

단 한 수만 선보인 것에 불과했지만 그 여파는 엄청났다.

힘을 주어 앞으로 손을 뻗자 검이 박살 나며 주변으로 튕겨 나갔다. 검을 뻗어오던 살수들은 다급히 방어 초식으로 전환해 검의 파편을 튕겨냈다.

그것이 실수였다.

진천은 그들보다 빠르고 영리했다. 어찌 보면 교활하다고 말할 수도 있었다.

진천의 검이 빛살처럼 움직였다.

"컥!"

"허억!"

두 살수의 움직임이 멈췄다. 그들의 뒤에 있던 대나무가 비스듬하게 잘려 나갔다. 대나무가 바닥에 떨어짐과 동시에 두 살수의 몸이 이등분되었다.

진천은 흑영대와 대련을 하면서 다수와의 싸움에 대한 경험이 있었다. 흑영대는 이들보다 더 악착같이 덤벼들었었다. 그것이 진천에게 도움이 된다는 것을 잘 알고 있었기 때문이다.

이런 다수와의 싸움에서는 진열을 정비할 틈을 주지 않아야 한다.

수라신법이 그것을 가능하게 만들었다.

살수들은 그림자처럼 움직이는 진천을 결코 제대로 파악할 수 없었다.

진천은 빠르게 움직이며 대나무를 밟았다. 대나무를 밟고 날아오르자 살수들이 진천을 뒤쫓았다.

사방에서 뻗어오는 검이 느껴졌다. 진천은 빠르게 몸을 회전시키며 모든 검을 쳐냈다.

샤륵!

진천이 바닥에 착지하자 주변의 대나무가 조각나며 비처럼 떨어졌다.

진천은 검을 들며 혼기를 끌어 올렸다. 바닥에 떨어져 있던 낙엽이 주변으로 휘날리기 시작했다.

이미 살수들의 진은 위력을 발휘하지 못하고 있었다.

살수들이 정면을 가득 메우며 달려들었다. 진천은 그들이 유효한 공격을 하기 위해 희생한다는 것을 알고 있었다.

수라검법(修羅劍法) 혼천세(昏天勢).

반월 형태의 잿빛 검강이 뻗어나갔다. 그리고 그 순간 살수 셋이 몸을 던져 진천의 시야를 가렸다. 그들의 몸이 그대로 절단됐다.

스릉!

쇠사슬이 진천의 팔을 향해 다가왔다. 진천의 팔을 봉인하지 못하고 단천검을 묶는 것에 그쳤다.

살수들의 얼굴에 회심의 미소가 서렸다. 검수가 검을 쓰지 못한다는 것은 죽음을 의미했다.

"살!"

살수들이 빠르게 달려들었다. 진천은 그 모습을 보며 입꼬리를 올렸다.

티잉!!

진천이 손을 튕기자 단천검이 쇠사슬에 묶인 채로 하늘 위로 튕겨 올라갔다.

진천은 살수들을 바라보며 주먹을 쥐었다. 그의 주먹에는 권강이 서려 있었다.

진천은 달려드는 그들을 향해 수라신법을 펼쳤다.

콰가가가가!

호신강기를 일으켜 모든 것을 분쇄하며 진천의 몸이 뻗어 갔다.

콰앙!

진천의 주먹이 정면의 살수의 몸을 후려쳤다. 진천의 권강에 허무하게 몸이 찢겨졌다.

수라신권(修羅神拳) 흑천살(黑天殺).

진천은 몸을 회전시키며 두 주먹을 동시에 뻗었다.

터엉!

두 살수가 뒤로 크게 튕겨 나가며 바닥을 굴렀다. 부르르 떨던 살수가 그대로 절명했다. 권강이 닿지 않았음에도 그들의 내부는 처참하게 파괴되어 있었다.

처억!

공중을 회전하며 떨어진 단천검을 진천이 손을 뻗어 잡았다.

'굉장한 고수다! 화경이 분명하지만 뭔가 이상해.'

살수들의 숫자는 확연히 줄어들어 있었다. 그에 비해 진천은 전혀 지친 기색이 없었다. 오히려 내공이 더욱 증가한 것 같은 느낌이 들 정도였다.

마교의 마영대를 이끄는 마영대주는 진천이 일반적인 고수와는 다르다는 것을 깨달았다.

'분명 마교에 해가 될 인물이다!'

이런 자가 단순히 산동 무림에서만 유명하다는 것이 말이 되지 않았다. 더군다나 저 무공은 정파의 것도 사파의 것도 아니었다. 정기보다 정순하며 사기보다 탁했고 마기보다 위력적이었다.

이자는 무언가를 숨기고 있는 자였다. 어쩌면 무림맹주만큼이나 위험한 자일 수도 있었다.

'저자의 진면목을 본교에 알려야 한다.'

마영대주는 그렇게 생각할 수밖에 없었다. 이미 마영대의 기세는 꺾였다. 과반수가 죽어 진을 펼칠 수도 없었다.

"퇴(退)!"

마영대주가 그렇게 외치자 살수들이 빠르게 몸을 빼기 시작했다. 하지만 진천은 그들을 놔줄 생각이 없었다.

도주하는 그들을 향해 진천의 몸이 뻗어갔다. 대나무와 대나무를 밟으며 빠르게 나아갔다.

서걱!

잔상을 그리며 나타난 진천이 검을 뻗을 때마다 살수의 몸이 갈라지며 바닥에 떨어졌다. 살수들은 흩어지며 진천을 떨쳐 내려 했지만 진천의 추격은 집요했다.

그날과 반대의 상황이었다. 저들은 처참하게 도주하고 있었고 진천은 그런 그들을 사냥하듯이 잡아 죽이고 있었다.

푸욱!

살수가 바닥에 숨어들었지만 진천의 눈을 속일 순 없었다. 진천의 검은 자비 없이 그들이 숨어 있는 곳을 훑고 지나갔다. 그럴 때마다 피가 솟구쳤다. 그들이 숨을 곳은 뻔했다. 너무 뻔해 눈에 다 보일 정도였다.

진천은 그들의 공세에서 보름을 넘게 버텨냈다. 생살을 지지고 동물의 사체를 뜯어먹으며 그렇게 버텼다. 저들은 그런 치열함을 알고 있을까?

단지 살수로 길러졌기에 그저 움직이는 목각 인형 같았다.

서걱!

단천검을 움직여 달아나는 살수의 목을 날려 버렸다. 순식간에 마영대주를 제외한 모든 살수가 바닥에 쓰러졌다.

넓고 평평한 곳에서 싸웠다면 진천이 수세에 몰렸을 것이다. 진천을 죽이지는 못했더라도 깊은 상처 정도는 낼 수 있을지도 몰랐다.

하지만 그들은 오만했고 스스로 누울 곳을 찾았다. 산을 등지고 덤빈 것은 그들의 패착이었다.

진천의 눈에 마영대주가 도주하는 것이 보였다.

진천은 서두르지 않고 여유가 느껴질 정도로 천천히 따라갈 뿐이었다. 이대로라면 산을 벗어나 그가 사라질 수도 있었다. 하지만 진천은 여유로웠다.

도주하던 마영대주가 우뚝하고 섰다.

멈춰 선 마영대주는 더 이상 도주할 생각을 하지 못했다.

"살… 수!"

마영대주는 그렇게 외쳤다. 경악하는 마영대주의 뒤에서 진천이 천천히 다가왔다.

스으으!

한차례 바람이 불었다. 스산한 바람이 대나무를 흔들었다. 마영대주는 살기가 불어오는 듯한 착각을 받았다. 아니, 그것은 착각이 아니었다.

스윽!

바닥에서 솟구치듯 나타난 인형들이 마영대주를 포위하고 있었다. 살수가 분명했다.

마영대주는 섬뜩함을 느꼈다. 도저히 살아 있는 인간으로 보이지 않았다. 그들이 뿜어내는 기운은 마기와는 비교도 안 될 정도로 사악했다. 죽음 그 자체라 봐도 무방할 정도였다.

'이런 기운을 지닌 살수가 있다니……'

마영대주는 뒤를 돌아보았다. 그곳에는 진천이 서 있었다.

이런 사기를 뿜어내는 자들과는 다르게 고급스러운 비단 의복을 입고 있었다. 그 모습은 이들과는 전혀 상관없는 귀공자로 보일 뿐이었다.

'이런 살수들을 부리고 있을 줄이야. 도대체 이자의 정체는 뭐란 말인가!'

마영대주는 죽음을 직감하고 자결을 하려 했지만 진천의 손이 더욱 빨랐다.

"윽!"

진천이 마영대주의 턱을 움켜쥐었다. 그의 입에서 독약이 흘러나왔다.

"너는 죽지 못할 것이다."

진천의 내력이 마영대주의 몸에 스며들었다.

마영대주의 내공이 흩어지며 고통으로 얼굴이 일그러졌다.

진천은 마영대주를 가볍게 던졌다.

바닥에 쓰러져 부들부들 떠는 마영대주 앞으로 흑영대가 나타나며 그를 어둠 속으로 끌고 갔다.

마영대주는 그가 알고 있는 모든 것을 말하게 될 것이다.

끊임없는 고통 속에서 의지가 꺾이고 결국 진천의 수족이 될 것이 분명했다. 그렇지 않다면 죽음을 초월하여 고통을 받아야 할 것이다. 수라귀가 되어서 말이다.

흑풍이 모습을 드러내며 부복하였다.

"주변을 감시하던 마교의 염탐꾼들을 모두 제거했습니다. 생각보다 눈이 많더군요."

"이들의 흔적을 조작한다."

"존명!"

추후에 이 일이 알려진다면 죽어 있는 사체들을 가지고 진천의 무공을 예상할 수도 있었다.

진천은 시체를 조작해 무공을 감추었다. 누가 보더라도 처절한 싸움이 있었던 것처럼 현장 역시 조작했다.

이제 자신을 조작할 차례였다.

"주군."

모든 일을 끝마친 흑풍이 진천을 불렀다. 그의 손에는 마영대의 검이 들려 있었다.

"황보세가는?"

"황보대산이 회복했습니다. 진무방의 무사들은 곧 정리될 것입니다."

생각보다 황보세가 쪽은 일이 잘 풀린 모양이었다. 치열한 싸움을 예상했지만 황보대산이 회복함으로서 전세가 확실히 기울어 버린 것이다.

진천은 고개를 끄덕이며 흑풍을 바라보았다.

"다시 한 번 생각해 보심이 어떠십니까?"

"아니, 황보대산은 그리 만만한 자가 아니다."

흑풍은 심호흡을 하며 검을 들었다. 그리고 진천의 몸을 향해 찔러 넣었다.

푸욱!

사혈을 아슬아슬하게 스친 상처들이 생기기 시작했다. 몸에 깊은 상처가 생겼지만 진천은 신음 한 번 흘리지 않았다.

흑풍은 진심으로 괴로운듯한 얼굴로 그를 바라보았다.

"네가 고통스러워할 일이 뭐가 있느냐."

"주군. 저는 주군의 수족입니다. 주군께서 고통을 느끼시면 저 역시 그러할 것입니다."

"말은 잘하는군."

"주군을 닮아가는 것 같습니다."

흑풍의 말에 진천은 피식 웃었다. 상처에서 피가 흘러나와 옷을 적셨다.

진천은 대나무 사이에 솟아 있는 한 그루의 단풍나무에 등을 기대었다. 여러 전설이 있어 신목이라 불리는 나무였다.

　"그때와 비슷하군."

　"무슨 말씀이십니까?"

　"아니, 아니다."

　산에서 피를 흘리는 것은 그때와 닮아 있었다. 상황이 많이 다르긴 하지만 말이다.

　"물러나라. 황보세가의 사람들이 곧 올 것이다."

　"존명!"

　흑풍과 흑영대가 물러났다. 마영대를 완벽히 제거했고 마교들이 심어 놓은 염탐꾼들 역시 사라졌으니 진천의 무력이 드러나는 일은 없을 것이다.

　황보세가를 습격한 것이 진무방임이 밝혀지고 살수들을 파견한 것이 마교라는 것이 알려지면 결과는 뻔했다. 마교가 진무방의 뒤를 봐주고 있는 것이 드러나는 것이다.

　그렇게 된다면 평화로웠던 무림맹과 마교와의 관계에 불씨가 떨어질 것이다.

　'그 불씨에 불을 지피는 것이 내가 할 일이지.'

　진천은 그렇게 생각하며 눈을 감았다.

　피를 많이 흘린 탓에 현기증이 몰려왔다. 하지만 결코 심각한 상처는 아니었다.

진천의 기준에서는 그러했다.

현문대사와 희연이의 모습이 떠올랐다.

오랜만에 왠지 좋은 꿈을 꿀 것 같았다.

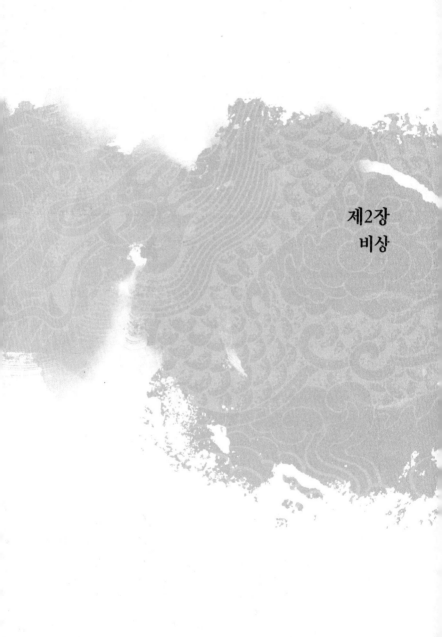

제2장
비상

황보대산은 진천이 건넨 환단의 효력에 놀라고 있었다.

운기에 들어가자마자 환단은 빠르게 자리를 잡더니 독기를 먹어치우고 있었다.

먹어치운 독기가 순식간에 정화되며 정순한 기운으로 바뀌고 있었다. 그것은 놀라운 일이었다.

'대단한 기운이다.'

황보대산은 진정으로 그렇게 느꼈다. 그 기운은 자연의 이치를 벗어나 있었다.

황보대산은 단 한 번도 느껴보지 못한 두려움을 느꼈다. 죽음이 가져오는 두려움은 이미 초월한 지 오래였다. 화경을 넘어 현경에 들면서 그는 두려움을 잊었다.

하지만 이 기운은 황보대산이 잊고 있던 두려움을 일깨워 주었다. 자신으로서는 결코 닿을 수 없는 기운이었다.

'무섭구나, 무서워.'

황보대산은 이 환단을 만든 자가 두려웠다. 그는 분명 자연을 초월한 존재일 것이다.

독기가 죽어가고 온몸에 활력이 넘쳐났다. 손상된 선천지기마저 돌아오고 있었다. 그야말로 자연을 역행하고 있는 것이다.

'이것이 자연에 흐름에 따른 기연인가, 아니면……'

운명을 비튼 역행인가.

황보대산은 갈피를 잡을 수 없었다. 하나 중요한 것은 목숨을 건졌다는 것이다.

죽음을 목전에 두고 깨달은 것은 가족의 따스함이었다. 황보대산은 수미천왕신공(須彌天王神功)을 운용했다.

정순한 기운이 그의 혈맥을 따라 단전으로 향했다. 독기는 더 이상 맥을 못 추며 그의 피부 밖으로 연기가 되어 뿜어져 나왔다.

황보대산의 몸이 공중으로 떠올랐다.

텅 빈 단전으로 환단의 기운이 가득 들어차고 있었다.

모든 내공을 회복할 수는 없었지만 그 기틀은 충분히 마련할 수 있었다.

'무를 위해 모든 것을 버리는 것이 과연 옳은 일인가?'

황보대산은 자신에게 물었다.

오로지 무공을 위한 삶이었다. 그랬기에 황보중자에게 귀찮은 일을 다 떠맡겼고 이 사달이 벌어진 것이다. 가장 마음고생이 심한 이가 바로 그의 딸인 황보미윤일 것이다.

그가 어리석게도 독에 당해 누워 있을 때 가문은 휘청거렸고 그것을 바로잡은 이도 역시 황보미윤이었다. 무에 자질은 없었지만 그녀는 어엿한 황보세가의 여식이었다.

'무공은 결국 삶을 위한 거야. 위화등선? 신선이 되면 무엇 하랴, 가족하나 지키지 못한다면 신선이 된다고 해도 초라한 늙은이일 뿐이다.'

그런 삶은 아무런 의미도 없을 것이다. 황보대산의 그런 생각은 깨달음으로 이어졌다. 자신의 삶을 되돌아보고 진정으로 나아갈 방향을 잡은 것이다.

황보대산은 눈을 떴다. 그의 안색은 병들기 이전으로 돌아와 있었다. 오랫동안 누워 있어 근력이 부족했지만 내공으로 극복할 수 있을 것이다.

'음?'

그때, 밖에서 병장기 부딪히는 소리가 들렸다.

'감히 누가 황보세가에서 칼부림을 한단 말인가!'

황보대산의 얼굴에는 분노가 서렸다. 자신이 누워 있다고 이토록 무시를 받고 있는 것이다. 감히 황보세가의 안뜰에 침입해 온 간 큰 놈들의 면상이 궁금했다.

황보대산이 몸을 일으켰다. 그에게서는 거대한 산과도 같은 기세가 뿜어져 나오고 있었다.

덜컥!

문이 열리자 눈에 들어온 것은 복면을 한 이들과 싸우고 있는 황보세가의 무인들이었다.

황보미윤마저 검을 들고 힘겹게 그들을 상대하고 있었다.

"갈!"

황보대산이 소리쳤다. 그의 기백에 모든 이들의 움직임이 멈추었다.

황보미윤을 포함한 모든 황보세가의 식솔이 황보대산을 바라보았다. 그의 멀쩡한 모습에 황보미윤의 눈시울이 붉어졌다.

황보대산은 그 모습을 보고는 더욱 분노했다.

"왠 놈들이냐."

"놈은 독에 당했다! 회복했을 리가 없다! 쳐라!"

복면인 중 한 명이 그렇게 소리쳤다.

"오호라."

황보대산은 그들이 누군지 단번에 알아차릴 수 있었다. 저놈들은 진무방의 버러지들이었다.

황보대산의 얼굴에 진한 미소가 서렸다. 어리석은 놈들이 잘도 달려들고 있었다.

"가주님!"

황보세가의 식솔들은 모두 힘든 기색이 역력했다. 상처를 입은 자들이 수두룩했다.

황보대산이 손을 뻗자 바닥에 떨어져 있던 검이 그의 손아귀에 잡혔다.

허공섭물이었다.

그 모습을 본 진무방의 무인들이 몸을 흠칫했지만 이미 때는 늦었다.

황보대산의 손에서 검이 튕겨 나감과 동시에 잔상을 그리며 허공을 갈랐다.

어검술이었다. 극한에 이른 무인만이 쓸 수 있다는 어검술이 펼쳐진 것이다.

"크아악!"

검이 마치 살아 있는 것처럼 진무방의 무인들을 토막냈다. 검강이 서린 어검술을 막을 자는 이 자리에 존재하지 않았다.

진천에게 당한 자라면 어렵게나마 막을 수 있겠지만 안타깝게도 이들은 모두 절정의 고수였다. 화경을 앞둔 이들도 있긴 했지만 어검술 앞에서는 어린아이에 불과했다.

"컥!"

황보대산에 손을 휘젓자 검이 터져 나가며 파편이 그들에게 쏟아져 내렸다. 수많은 파편이 진무방의 무인들을 휩쓸었다. 파편 하나하나 모두 강기가 담긴 흉기였다.

뇌진검법(雷震劍法)의 파강검(破剛氣)가 펼쳐진 것이다. 황보세가의 뇌진검법을 대성하고 그 이상으로 발전시킨 것이 바로 황보대산이었다.

"어, 어떻게……."

간신히 숨이 붙어 있는 진무방의 무인은 떨리는 목소리로 그렇게 말했다. 분명 황보대산의 상태는 좋지 않아야 했다. 회복되었다고 해도 내공을 모두 잃었어야 했던 것이다.

황보대산은 무감정한 눈으로 그를 바라보았다.

"네놈들은 제남에서 사라질 것이다."

황보대산의 말을 듣고는 그가 앞으로 고꾸라졌다.

황보대산은 주변을 바라보았다.

황보세가의 아름다운 안뜰이 놈들의 피로 얼룩져 있었다. 안타깝게도 놈들의 검에 당한 이들도 있었다.

"아버지……."

"미윤아."

황보미윤이 황보대산에게 달려왔다. 그리고 그의 품에 안겼다.

"네가 고생이 많았구나."

"아니에요."

황보세가의 식솔들은 그 모습을 보면서 눈물을 훔쳤다.

"아! 단 공자님!"

"음? 그 아이는 어디에 있느냐!"

황보미윤의 안색이 새파랗게 질렸다.

그에 호위대장이 빠르게 황보대산의 앞에 부복하며 입을 떼었다.

"살수들을 유인하여 산으로 들어갔습니다!"

"뭐라!"

황보대산의 얼굴이 굳어졌다.

"단 공자가 아니었다면 이곳을 지킬 수 없었을 겁니다. 그 살수들은 보통이 아니었습니다. 무언가 저들과는 달랐습니다."

"살수… 그 정도의 살수란 말이냐!"

"예, 어서 가지 않으면……."

황보대산이 고개를 끄덕였다. 황보대산은 마음이 급해졌다. 그에게 갚을 것이 너무나 많았다.

단진천은 이런 곳에서 죽어서는 안 되었다. 장차 영웅이 될 젊은이였다. 백도 무림의 기둥이 될 아이였다.

"따라오너라!"

"옛!"

황보대산이 경공을 시전하며 빠르게 나아갔다. 그 뒤로 황보미윤과 호위 무사들이 뒤따랐다.

황보미윤은 금방이라도 쓰러질 것 같은 표정을 하면서도 힘겹게 황보대산의 뒤를 따랐다.

그녀의 마음은 간절했다. 단진천이 살아 있기만을 바라고 있었다.

'단공자님……'

그에게 입은 은혜를 어찌 다 갚을 수 있을까? 황보미윤은 쏟아지려는 눈물을 간신히 참으면서 황보대산의 뒤를 따랐다.

황보대산은 주변에 펼쳐진 광경을 보면서 신음을 흘렸다.

대나무가 마구 갈라져 있었고 살수로 보이는 자들의 시체가 널려 있었다. 치열한 공방이 벌어졌다는 것을 알 수 있었다.

'고전했군.'

보통 살수들이 아니었다. 그들이 가지고 있는 무기만 보더라도 알 수 있었다.

보통 살수가 현철로 된 비수를 가지고 다닐 리 없었다. 거대한 세력에서 전문적으로 양성한 특급 살수들이었다.

황보대산의 표정은 더욱 어두워졌다.

그의 발걸음은 더욱 빨라졌다. 흔적을 쫓아 단진천을 찾았다.

그의 눈앞에 신목이 있었다.

단풍나무의 신목은 대나무 사이에서도 그 존재감을 자랑했다. 한 겨울에도 붉은 나뭇잎을 보여주는 신비한 신목이었다.

그 신목에 기대어 있는 자가 보였다. 단진천이었다. 손에 들린 단천검이 추욱 늘어져 있었고 피가 흘러나오고 있었다.

황보대산이 빠르게 그의 앞에 섰다. 점혈을 하며 상처가 심해지는 것을 막았다.

"이보게! 정신 차리게!"

황보미윤이 단진천의 곁에 섰다. 그녀는 덜덜 떨고 있었다.

그녀는 떨리는 손으로 단진천의 뺨을 쓰다듬었다.

그것을 바라보는 황보세가의 호위 무사들은 처참한 심정이었다.

저 젊은 영웅이 황보세가를 위해 살수들을 유인하여 치열한 사투를 벌인 것이다. 어찌 승리한 것 같기는 하지만 그 결과가 너무 처참했다.

"단 공자님, 제발……."

황보미윤의 흐느낌이 들려왔다.

황보대산은 단진천을 안아 들었다. 황보대산은 다급하게 입을 떼었다.

"세가로 간다! 의원을 불러라!"

"옛!"

황보대산은 내공을 전력으로 끌어 올리며 황보세가로 향했다. 그의 마음 역시 다른 이들과 같았다. 아니 더욱 괴로웠다.

딸의 목숨뿐만 아니라 자신의 목숨을 구했다. 게다가 황보세가마저 구함을 받았다.

'살려야 한다!'

황보대산은 무슨 대가를 치르더라도 단진천을 살릴 것을 다짐했다.

*　　　　*　　　　*

진천의 상태는 그리 나쁘지 않았다. 다만 사법으로 몸의 상태를 속인 것에 불과했다.

사혼단이 뿜는 사기마저 가지고 있으니 상태를 속이는 것은 쉬운 일이었다. 겉모습마저 자유자재로 바꿀 수 있는 진천이었다.

사법으로 내부에 가짜를 투영하는 것은 제법 힘든 일이었지만 몇 번의 시도 끝에 성공할 수 있었다. 누구도 그의 진정한 기운을 눈치채지 못할 것이다. 설령 무림맹주가 맥을 짚는다 해도 말이다.

세밀하게 관측한다면 알아차릴 수 있겠지만 누가 진맥을 짚고는 몇 날 며칠을 관찰할까?

무림맹주와 비견되는 고수가 그런 일을 할 리가 없었다.

진천은 심각한 분위기 속에서 사경을 헤매는 연기를 했다.

의원이 들락날락거리고 황보대산의 신음성이 들려왔다. 황보미윤은 몇 날 며칠을 그의 곁을 지켰다.

진천이 한숨을 돌리지 못한 이유는 황보미윤이 계속 옆에 있었기 때문이다.

보살핌을 받는 것은 처음이라 묘한 기분이 들었다. 조금은 따스한 감정이 생겼지만 진천은 스스로 깨닫지 못했다.

"차도가 없는 겐가?"

"예, 워낙 내상이 중한 터라… 독에도 노출되어 있어 기운이 많이 약해졌습니다. 단공자께서 스스로 극복하시는 방법밖에는……."

"산동 제일의 의원이라는 자네가 어찌!"

"목숨은 하늘이 결정하는 것입니다. 저는 다만 그 시기를 늦추는 것일 뿐이지요."

황보대산과 의원의 말이었다. 진천은 산동 제일의 의원이라는 자를 완벽히 속인 사법에 감탄했다.

사법은 그야말로 간사한 술수의 총집합이었다. 그쪽 방면은 만능이라 불러도 무방했다.

"치열한 싸움을 했을 겁니다. 그 싸움에서 살아난 정신력이라면 분명 깨어날 수 있을 겁니다."

"그래, 그래야지. 반드시 살아나야 한다."

의원은 슬픔에 잠겨 있는 황보미윤을 바라보았다.

엉망이 된 얼굴이 그녀가 얼마나 그를 걱정하고 있는지 알 수 있었다.

의원은 자신의 실력을 자책하며 밖으로 나갔다.

'뭐가 산동 제일인가. 결국엔 자연의 흐름을 따를 뿐인 것을.'

산동 제일의 의원은 스스로의 실력을 한탄하며 황보세가 밖을 나갔다.

진천은 나름 소득이 있었다. 의원의 진맥법을 몸으로 익힌 것이다.

그것은 제법 무공과 맞닿아 있었다. 사법을 이용해 해석한다면 새로운 사술을 만들어낼 수 있을 것 같았다.

이틀 동안은 스스로의 무공을 돌아보면서 시간을 보냈다.

머릿속으로 자신이 익힌 무공을 떠올리며 가상의 적들을 상대했다.

마영대는 이미 자신의 상대가 아니었다. 그들이 유리한 조건에서 싸운다고 하더라도 가뿐한 승리를 점칠 수 있을 것이다.

'좋은 경험이 되었다.'

이번 싸움으로 한 보 전진할 수 있었다.

진천은 깨달음을 정리했다. 이제 슬슬 일어날 때가 된 것 같았다. 산동에 이번 일에 대한 소문이 퍼졌을 것이다. 살수들의 사체에서 마교의 흔적을 발견하고도 남을 시간이었다.

진천은 천천히 눈을 떴다. 그리고 옆을 바라보았다.

황보미윤이 마른 수건을 든 채로 침상에 얼굴을 묻고는 잠들어 있었다.

'어리석은 여자.'

현명하다고 소문이 난 황보미윤이었지만 진천에게는 그렇지 않아 보였다.

진천은 눈물자국으로 엉망이 된 황보미윤의 얼굴을 바라보았다.

웃음이 새어 나왔다.

"으, 음… 다, 단 공자님?"

"깨어나셨습니까?"

진천의 웃음소리에 깬 황보미윤이었다.

그녀는 눈을 비비며 진천을 바라보았다. 이것이 현실인지 꿈인지 잠시 구분이 되지 않아서였다. 그러다가 현실임을 깨닫자 다시 눈물이 솟아나기 시작했다.

"왜 그리 우십니까?"

"흐윽……."

황보미윤은 진천의 품에서 울었다.

진천은 곤란하다는 듯 손을 들었다가 긴 숨을 내쉬며 손을 내릴 뿐이었다.

황보미윤은 어느 정도 진정이 되자 자신이 한 행동을 깨닫고는 얼굴을 붉히며 뒤로 물러났다.

잠시 침묵이 내려앉았다.

그녀는 많은 말을 하고 싶었지만 쉽사리 말을 꺼낼 수 없었다. 어떻게 해야 고마움을 다 표현할 수 있을지 몰랐기 때문이다.

"정말… 고마워요."

"당연한 일을 했을 뿐입니다. 누구나 할 수……."

"아니에요!"

황보미윤이 벌떡 자리에서 일어났다.

"누구나 할 수 있는 일이 아니에요! 그런, 그런 일은……."

"황보 소저?"

황보미윤은 진천의 두 눈을 바라보았다.

"다시는 다치지 말아요."

"네?"

"부탁이에요."

황보미윤의 간절한 말에 진천은 천천히 고개를 끄덕였다. 왠지 그렇게 해야 될 것만 같았다.

진천은 간신히 웃음을 보이는 황보미윤을 바라보았다. 웃음이 잘 어울리는 여인이었다.

'이제 진무방을 처리하면 되겠군.'

진무방이 움직여 줘서 생각보다 일이 더욱 빠르게 진행된 감이 있었다. 하지만 가장 좋은 결과를 만들어냈다.

황보대산을 살렸고 황보세가에 막대한 빚을 지게 했다. 게다가 마영대를 박살 냈고 진무방의 치부가 낱낱이 드러났다. 진무방은 이제 무림 공적이 되었을 것이다.

그의 명성은 전보다 훨씬 커져 있었다.

당연했다. 목숨을 바쳐서 황보세가를 위험에서 구해냈으니 말이다.

젊은 산동의 무림인들은 이제 추앙에 가까운 시선으로 단진천을 바라보았다.

'무림맹의 반응이 기대되는군.'

자신의 명성이 커질수록 무림맹은 더욱더 자신을 주시할 것이다.

무림맹이 어떻게 자신에게 다가올지 그것이 무척이나 기대되는 단진천이었다.

*   *   *

전 무림에 난리가 났다. 그것은 진천의 예상대로였다.

황보세가가 습격당한 일은 무척이나 큰 충격을 몰고 왔다.

진무방이 황보세가를 습격했다!

더욱더 충격적인 소식은 진무방 뒤에 마교가 있었고 그들의 지원 아래 황보대산이 독에 중독되어 사경을 헤매었다는 것이다.

치졸한 수법을 쓰면서까지 산동 무림을 손아래로 두려고 했던 진무방은 순식간에 산동 무림의 공적이 되었다.

무림맹에서도 진무방을 비난하며 진무방을 무림 공적으로 선포했다.

황보대산의 입김이 작용한 것이다.

황보대산은 오대세가와 구파일방이 참여하는 무림회합에 직접 참가해 모든 일들을 풀어놓았다.

단진천이 건네준 환단에 대해 자세하게 언급하지는 않았지만 단진천이 귀한 영물을 아무렇지도 않게 내주어 목숨을 구할 수 있었다고 말했다.

가보로 보존되어도 마땅할 영약을 아무렇지도 않게 건네주었다는 대목에서 장내의 모든 이가 감탄을 하지 않을 수 없다.

게다가 황보세가를 위해서 스스로 살수들을 유인하여 치열한 사투를 벌인 것이다.

단진천의 이야기는 산동 무림을 넘어 전 무림에까지 퍼져 나갔다.

마교의 살수들과 벌인 처절한 사투는 호사가들에 의해서
아주 멋지게 재탄생되었다. 거기에 황보미윤과의 애틋한 이야
기까지 가미되자 전 무림이 들썩였다. 특히 무림의 젊은이들
에게 그야말로 단진천 열풍이 불었다.

객잔에서는 단진천의 이야기만이 흘러나왔고 진무방을 규
탄하는 모임들이 우후죽순으로 생겨나고 있었다.

상황이 이쯤 되니 진무방은 자연스럽게 고립이 되었다. 은
밀히 일을 진행한 마교도 발을 뺐다. 그저 휘하 세력이 벌인
일이라고 잡아떼고 있었다.

백도 무림에서 반발이 있었지만 무림맹주가 나서서 두둔하
자 반발은 힘을 쓰지 못했다.

평화를 이룩한 백도 무림의 영웅인 무림맹주가 하는 말이
니 모두 믿고 따를 수밖에 없었다.

진천은 그런 분위기 속에서 황보세가에서 며칠을 더 지냈
다.

상처는 빠르게 아물어갔지만 내상이 심하다는 설정이라 아
픈 척을 해야 했다.

황보세가에서는 진천의 치료에 지원을 아끼지 않았다. 덕분
에 진천은 황제와 같은 생활을 누렸다.

황보대산과 황보세가를 구했으니 이 정도 대접은 당연하다

고 볼 수 있었다.

황보미윤의 극진한 간호를 받고 있었는데 모든 남자들의 부러움을 살 만했다.

진천은 무조건적인 호의를 보내는 황보미윤이 부담스러웠다. 차라리 제갈세가의 그 여자처럼 자신을 싫어하는 편이 더 편할 지경이었다.

'사람의 마음이란 게 마음대로 되는 것이 아니지.'

어쩌면 마음은 자연의 법칙과 흐름을 벗어난 형태인 것일지도 몰랐다. 마음은 자유였기에 어떤 형태도 될 수 있는 것이다.

역천의 길을 가고 있는 진천이 마음의 영향을 받는 것을 보면 사람의 마음이야말로 초월적인 감각일지도 몰랐다.

'진무방주를 잡을 차례로군.'

진무방주를 죽이기에는 아까웠다. 한낱 사파의 고수에서 산동 무림을 위협할 정도의 세력을 키운 자였다.

진천이 없었더라면 진무방은 산동 무림을 지배하는 문파가 되었을 것이다. 진무방주의 무공도 분명 대단할 테지만 세력을 키운 그의 수완은 정말 대단했다.

그런 자가 수족이 된다면 큰 힘이 될 것이다. 하나 화경의 경지를 이룬 자에게 섭혼술은 먹히지 않을 것이다. 그의 의지를 굴복시키고 그가 받아들여야 가능했다. 섭혼술이 실패하면 수라귀로 만들어서라도 수하로 만들고 싶었다.

진천은 안뜰에 나와 있었다. 시원한 바람을 맞으니 머리가 맑아지는 것 같았다.

"황보 소저."

"네?"

"일을 보셔야 하지 않습니까?"

황보 미윤은 싱긋 웃어 보였다.

"지금 보고 있지 않습니까?"

"음……."

아무래도 진천을 대하는 방법을 찾은 듯한 황보미윤이었다.

외간남자와 붙어 있는 것은 안 좋은 소문을 만들어낼 수도 있었다. 그것도 황보세가의 여식인 황보미윤이라면 더더욱 그러했다.

하지만 황보세가의 식솔들뿐만 아니라 황보대산 마저 멀리서 흐뭇하게 바라볼 뿐이었다.

은밀하게 단문세가에 연통을 직접 보낸 것도 황보대산이었다.

어색한 침묵이 감돌았다. 어색함을 느끼는 것은 진천이었다.

황보미윤은 여전히 그의 곁을 지키며 웃고 있을 뿐이었다.

"오라버니!"

익숙한 목소리가 들려왔다. 소미가 황보세가의 문턱을 넘어 달려오고 있었다.

소미를 호위하는 무사는 흑운이었다.

흑운은 정식적으로 단문세가의 호위대장으로서 주요 직책을 맡고 있었다.

진천이 등용한 인물이니 누구도 그의 말을 거역할 수 없었다. 일도 충실하게 잘 처리하니 당가연 역시 그를 믿고 있었다.

소미가 경공을 써서 순식간에 달려와 진천의 앞에 섰다. 걱정스러운 눈빛으로 진천을 바라보았다.

"괘, 괜찮으세요? 좀 더 빨리 왔어야 했는데……."

"괜찮다. 일은 끝마친 것이냐."

"네, 다 해결하고 왔어요. 무사하셔서 정말 다행이에요."

소미는 진천의 모습을 보고는 진심으로 안심하는 표정을 지었다.

"황보 언니가 잘 보살펴 주신 모양이네요?"

황보미윤은 소미의 말에 웃음을 보일 뿐이었다. 둘 사이에 알 수 없는 눈빛이 오갔다. 황보미윤은 소미의 눈빛에 고개를 끄덕였다.

"아가씨."

"아! 맞다. 드릴 게 있어요."

"소가주님, 내상에 좋은 약들입니다. 구파일방에서 보낸 것들, 그리고 다른 세가에서 보낸 것들을 추려 가지고 왔습니다."

흑운이 비단천에 감싸인 나무 상자를 건넸다. 그 안에는 귀한 약재들이 가득 들어 있었다.

구파일방에서 직접 사람을 통해 보낸 것들이었다.

오대세가를 포함한 다른 명문세가들도 포함되어 있었는데 그들의 약들은 비싼 것들뿐이었다. 진천과 연을 잇기 위한 밑밥이 깔려 있었다.

진천을 대신해 황보미윤이 흑운이 건네는 상자를 받아 들었다.

흑운은 그런 황보미윤에게 살짝 고개를 숙였다.

"소가주님을 잘 부탁드립니다."

"네, 걱정 마세요."

"흠흠."

그런 대화에 진천이 흑운을 바라보자 흑운은 헛기침을 하며 물러났다.

[마영대주가 굴복할 것 같습니다.]

[꽤나 정신력이 대단한 자로군. 지금까지 버티다니 말이야.]

마영대주는 사기가 가득한 사혼굴에서 사기에 대항하고 있었다.

그의 육체를 끊임없는 고통으로 몰고 가고 정신마저 갉아먹는 것이 바로 사기였다.

그런 사기에 대항하여 보름이 넘게 버틴 것은 정말 대단한 일이었다.

살수로 키워져 감정을 지우도록 훈련받은 마영대주였다.

그런 마영대주마저도 사기에서만큼은 공포를 느낀 것이다.

인간인 이상 결코 사기의 손아귀에서 벗어날 수 없었다.

[마영대주가 알고 있는 모든 것을 기록하겠습니다. 마영대의 무공뿐만 아니라 마교에 대해 구체적으로 알 수 있을 것 같습니다.]

[잘 되었군.]

마교에 대해 아는 바가 적었던 진천에게는 중요한 정보였다.

마영대의 무공을 흑영대에게 익히게 한다면 그 경지가 분명 상승할 것이다. 마영대 못지않은 살수들로 탄생될 것이 분명했다.

'이런 일을 꾸민 진무방이 고마워지는군.'

진무방의 계략이 진천에게는 아주 많은 도움이 되었다.

전음을 나누는 진천과 흑운을 황보미윤이 물끄러미 바라보았다. 비밀스럽게 이야기를 나누는 것이 조금은 서운한 모양이었다.

"그럼 들어온 모든 혼사를 거절하는 것으로 처리하겠습니다."

흑운의 갑작스러운 말에 황보미윤이 화들짝 놀랐다. 전음으로 오간 내용이 진천의 혼사라는 것에 놀란 것이다.

진천은 쓸데없는 짓을 하는 흑운을 보며 고개를 내저었다.

다 좋은데 저런 과잉 충성이 문제였다. 온몸을 바쳐 자신을 위하니 뭐라 할 수도 없었다. 뭐라 한다고 해도 목숨을 걸고 진천을 위할 것이 분명했다. 충성심이 가득 찬 부하는 매우 든든하기도 했지만 귀찮기도 했다.

"호위 무사님, 자세히 말씀해 주실 수 있나요?"

"지방의 명문세가 뿐만 아니라 오대세가에서까지 연통이 도착했습니다. 자세한 건 아무래도 말씀드리기 어렵습니다."

"그, 그렇군요. 오대세가까지……"

혼담이 들어온 것은 사실이었다. 황보미윤은 진천을 물끄러미 바라보다가 손을 꽈악 쥐었다. 그녀의 얼굴에서는 위기감이 느껴졌다.

진천은 소미와 함께 쑥덕거리기 시작한 황보미윤을 바라보다가 고개를 돌렸다.

진천은 진무방을 슬슬 끝낼 때가 되었다고 생각했다. 이미 산동 무림인들이 들고 일어나고 있었고 진무방의 무인들 상당수가 도주하고 있었다.

하지만 진무방주는 아직까지 자리를 지키고 있었다. 무림 공적이 되었으니 도망칠 곳이 없다는 것을 잘 알고 있는 모양 이었다.

'진무방주를 죽게 놔둘 수는 없지.'

그만한 인재는 드무니 자신의 수하로 만들고 싶었다.

진천은 슬슬 움직일 때가 되었다고 생각했다. 표면적으로는 아직 상처가 다 낫지 않은 것으로 되어 있지만 지금 움직여야 했다. 그 편이 더 효과적일 것이다.

좀 더 명성을 쌓는다면 무림맹에서 접촉해 올 것이다. 진무 방이라는 희생물은 그것을 가능하게 해줄 것이 분명했다.

제3장
진무방주

진천은 황보세가를 떠나 단문세가로 돌아왔다.

황보대산이 아직 몸이 낫지 않았다며 말렸지만 진천은 정중히 거절했다.

산동 무림이 진무방을 칠 기세가 보이니 산동 무림의 정의를 구현하는데 힘을 보태야 한다며 황보대산의 말을 거절한 것이다.

황보대산도 그런 진천의 모습에 진정으로 감복했다. 그 자신도 산동 무림의 대열에 합류할 것이라고 말했다.

진천은 신룡단의 단장이니 그가 참여한다면 젊은 무림인들의 사기는 올라갈 것이 분명했다.

황보미윤은 황보대산과 함께 산동 무림회로 간다고 했다. 황보미윤은 진천과 같이하지 못하는 것을 무척이나 아쉬워하고 있었다.

진천이 제남에 들어서고 단문세가로 향하는 길목에 들어서자 많은 무림인을 발견할 수 있었다. 특히 젊은 무림인들이 많았는데 진천을 보자마자 모두 정중히 인사를 해왔다.

그들은 진천의 소식을 듣자마자 자발적으로 단문세가에 몰려와 일을 돕거나 단문세가를 보호하는 데 앞장섰다.

진무방이 무슨 수작을 부릴지 모른다는 이유에서였다.

"단 단주님!"

"무사하셔서 다행입니다!"

신룡단의 단원들이 진천의 앞에 나타나 그렇게 말했다. 진천은 사람 좋은 미소를 보이며 고개를 끄덕였다.

"정말 큰일을 하셨습니다. 전 무림에 단 단주님에 대한 칭송이 가득합니다."

"정말 자랑스럽습니다."

젊은 무림인들이 모두 초롱초롱한 눈으로 진천을 바라보고 있었다.

진천의 옆에 있는 소미는 자신이 칭찬을 받은 것처럼 기뻐했다.

흑운 역시 진천의 뒤에서 흐뭇한 미소를 짓고 있었다. 모든 것이 계획대로 돌아간다는 의미의 미소였지만 남들이 보기에는 그저 흐뭇한 미소로 보였다.

흑운도 진천을 닮아가는지 속내를 아주 잘 감추었다.

"당연한 일을 했을 뿐입니다. 신룡단의 다른 분들도 그곳에 계셨다면 모두 그리하셨을 겁니다."

진천이 그리 말하자 모두 훈훈한 미소를 지었다.

"단장님. 산동 무림회에서 진무방을 친다고 합니다. 그 가증스러운 진무방은 자신의 잘못을 인정하지 않고 물러서지 않고 있습니다."

"신룡단의 힘을 보여주어야 합니다!"

"그만하게! 소가주님께서는 아직 상처가 중하시네."

흑운이 뒤에서 그렇게 말하자 신룡단의 모든 이가 고개를 끄덕였다.

자신들의 의욕이 너무 앞섰다는 것을 깨달은 것이다. 단진천은 지금 죽다 살아났기에 상처가 없을 수 없었다.

"죄송합니다, 단장님."

"저희가 미처 생각하지 못했습니다."

그들이 그렇게 말하자 진천은 고개를 저었다.

"저도 힘을 보태겠습니다."

"하, 하지만 상처가……."

"지금은 상처를 신경 쓸 때가 아닙니다."

진천이 그렇게 말하자 신룡단의 모두가 감탄할 수밖에 없었다.

진천의 무림을 위하는 마음은 자신의 상처조차 상관하지 않을 정도로 대단했던 것이다.

진천은 진무방을 치는 데 참여할 것임을 모든 이들에게 알렸다.

진천이 움직인다면 신룡단뿐만 아니라 젊은 무림인 다수가 진천을 따라 참여할 것이 분명했다.

산동 무림의 후기지수들이 건재함을 알릴 수 있는 좋은 기회였다.

이미 대세는 기울었다.

아마 계산이 빠른 산동의 명문세가의 후계자들은 앞다투어 이 대열에 합류할 것이다.

'좋은 기회가 되겠지.'

무림맹 쪽에서도 움직인다는 소식이 있으니 전 무림의 눈과 귀가 쏠려 있다고 봐도 무방했다.

산동 무림인들이 제남으로 몰리고 있었다.

전 무림에 명성을 떨칠 기회였고 산동 무림회의 눈에 들 좋은 기회였기 때문이다.

진무방에서 탈주한 많은 무림인은 이미 산동 무림회에 의해 처단되고 있었다.

이제 진무방의 본거지만 남은 상황이었다. 진천은 무림인들을 향해 몇 마디를 더 한 뒤 단문세가로 들어왔다.

훌쩍 커버린 백호가 제일 먼저 진천을 맞이했다. 그리고 식솔들과 당가연이 진천에게 다가왔다.

당가연은 진천의 뺨을 쓰다듬으며 눈시울을 붉혔다.

"무사해서 다행이구나. 장한 일을 하였어."

"단문세가의 소가주로서 당연한 일을 했을 뿐입니다."

"하나 진천아, 목숨은 쉽게 버리는 것이 아니다."

"명심하겠습니다."

처음으로 듣는 당가연의 약한 소리였다.

당가연의 얼굴은 수척해져 있었다. 진천의 소식을 들은 뒤에 식사도 제대로 못한 것이었다.

단문세가의 일로 잠을 자지 못할 정도로 바쁜 와중에도 그녀는 황보세가로 달려가고 싶었지만 그러지 않았다.

진천도 단문세가의 일을 놔두고 오기를 바라지 않을 것이 분명했고 사경을 헤매는 아들을 본다면 그 자리에서 무너져 버릴 것 같아서였다.

진천이 깨어났다는 소식을 들었을 때는 그 자리에서 혼절해 버린 당가연이었다.

"날이 춥습니다. 들어가시지요."

진천이 그리 말하자 당가연이 미소 지으면서 안으로 들어갔다.

진천은 뒤를 바라보았다. 아직은 조용한 제남이 시끄러워질 것이다.

*　　　*　　　*

진천이 단문세가로 복귀한 후 며칠이 지났다.

제남에 산동 무림의 주요 인사들이 모두 모여들어 있었다.

진무방주는 진무방을 떠나지 않고 그 자리를 지키고 있었다. 그를 따르는 무인들 역시 그러했다. 많은 수가 떠나갔지만 아직도 그를 따르는 고수들이 존재했다.

'자신이 죽을 자리를 아는군.'

진천은 진무방주를 그렇게 평가했다.

단문세가에 신룡단의 대부분이 모였다. 산동 무림회와 같이 움직이는 황보미윤을 제외하면 다 모였다고 봐도 무방했다.

그들은 진천이 움직이기를 기다리고 있었다. 진천에 대한 존경심은 대단해서 거의 신앙에 비견될 정도였다.

진천은 단정한 무복을 입었다. 머리에는 단문세가의 상징이 그려진 영웅 건을 둘렀다. 모두 단진천의 아버지가 입었던 것이었다.

단천검을 손에 들자 흑운이 밖에 서 있는 것이 느껴졌다.

진천이 문 밖으로 나오자 흑운이 뒤를 따랐다.

흑운 역시 단문세가를 나타내는 복장으로 그를 뒤따르고 있었다.

단진천이 흑운만을 호위 무사로 쓰고 있다는 사실은 모두가 다 아는 사실이 되었다.

흑운을 무척이나 신뢰한다는 소문이 돌았기에 은밀하게 그에게 접근해 오는 자들이 상당했다.

"오라버니, 몸 조심하세요."

"어머니를 부탁한다."

진천이 소미를 지나쳐 단문세가 밖으로 나오자 신룡단의 무인들이 도열해 있는 것이 보였다.

신룡단을 나타내는, 산을 휘감고 있는 용이 그려진 깃발을 들고 있었다.

"단장님."

진천이 나오자 그들은 진천에게 예를 갖춰 인사했다.

처음과는 상당히 달라진 모습이었다. 그저 젊은 인재들이 화합하는 성향이 강했지만 지금은 진천의 행보에 감복을 받았는지 계급 체계가 뚜렷해졌고 이제는 진정한 하나의 조직으로서 자리를 잡아가고 있었다.

그들은 대부분이 산동의 명문 정파의 제자들, 그리고 명문가의 자식들이었다.

그들이 가진 잠재력은 가히 막강해서 이제는 그 누구도 쉽게 건드릴 수 없는 단체가 되어버렸다.

"갑시다, 진무방으로!"

"와아아!"

진천이 먼저 경공을 쓰자 도열해 있던 신룡단의 무인들이 진천을 따라 경공을 시전했다.

많은 무인이 한꺼번에 경공을 써서 달려 나가는 모습은 그야말로 장관이었다.

신룡단의 무인들은 하나같이 촉망받는 인재들이었으니 경공에 뒤처지는 인물은 없었다.

그중에서도 진천은 가히 일절이었다. 너무나 가볍게 경공을 쓰는 것처럼 보였지만 그 속도는 누구보다도 빨랐다. 따라오는 무인들이 감탄할 정도였다.

얼마를 달린 끝에 진무방 앞에 도착할 수 있었다. 그곳에는 이미 많은 무림인이 모여 있었다. 굳게 닫혀 있는 진무방의 건물 앞에 모여 있는 것이었다.

"단문세가의 단진천이다!"

"단천검룡이 나타났다!"

진천이 도착하자 모든 이들이 진천을 바라보았다.

산동 무림회의 기둥인 황보대산을 중심으로 많은 원로들이 진천의 등장을 반겼다.

진천은 제일 먼저 그들에게 공손하게 인사했다.

황보대산과 산동 무림회의 원로들은 흡족한 듯 고개를 끄덕이며 진천을 바라보았다.

장차 산동 무림, 그리고 전 무림에 이름을 떨칠 인재가 저리 자신을 낮추어주니 흡족했던 것이다.

황보대산 옆에 서 있던 황보미윤이 진천을 반짝이는 눈으로 바라보고 있었다.

진천이 그녀에게 살짝 묵례하자 그녀는 빙긋 웃었다.

진무방이 사라진다는 것은 기정사실이었다.

수많은 무림인이 몰려왔으니 진무방주가 아무리 고수라도 당해낼 수 없을 것이다. 이곳에 있는 모두가 승리를 예감하고 있을 때였다.

콰앙!

닫혀 있던 진무방의 대문이 활짝 열렸다.

그 앞에 있던 무림인들이 움찔거리며 뒤로 물러났다. 진무방주가 걸어 나오고 있었기 때문이다.

그는 무척이나 당당한 걸음으로 대문 밖으로 걸어 나왔다.

무림인들은 그를 둘러싸기는 했지만 덤벼들 수는 없었다.

기백에서 밀리고 있는 것이다.

'과연, 대단한 고수로군.'

진천은 감탄하며 진무방주를 바라보았다.

구관호보다 한 수 위의 인물이었다.

그는 실력만큼이나 패기가 있는 자였다. 이 많은 수의 무림인을 보고도 물러서지 않고 있었다.

"진무방주 진무전! 그대가 벌인 짓은 죽어 마땅하다. 인정하겠나?"

산동 무림회의 원로들 중 하나가 외치자 진무방주 진무전은 코웃음을 쳤다.

"하하, 하늘이 나를 돕지 않았을 뿐이오! 내가 득세했을 때 쥐구멍에 숨어 있던 양반들이 모두 몰려왔군. 참으로 쥐새끼 같은 자들뿐이야. 하하하하"

"진무전. 자네는 정도가 지나쳤다."

"황보대산, 용케 살아 있군. 듣기로는 기연을 얻었다지? 축하드리오."

진무전은 전혀 꿀림이 없이 황보대산에게 그렇게 말했다. 황보대산은 노기를 터뜨리며 진무전을 노려볼 뿐이었다.

"나 진무방주 진무전에게 도전할 자가 있는가! 나를 죽여 명성을 드높일 사내가 존재하는가!"

진무전은 모여 있는 무림인들을 향해 외쳤다.

저 외침을 무시하고 그를 친다면 산동 무림은 체면을 구기는 일이 될 것이다.

주위에는 산동 무림인들뿐만 아니라 무림맹, 그리고 세외에서 온 인물들까지 존재했다.

그렇다고 황보대산이 나서기에는 모양새가 좋지 않았다. 황보대산은 산동 무림회의 기둥이었으니 황보대산이 나선다면 진무방과 산동 무림회가 동격임을 의미했다.

"산동 무림에는 겁쟁이들밖에 없나 보군!"

"내가 나서겠소!"

중년의 무림인 하나가 호기롭게 외치며 경공을 써서 진무방주 앞에 착지했다.

"산동검군에서 온 산자검이오."

산자검이 등장하자 주변이 술렁였다.

산자검은 산동에서도 꽤나 알아주는 고수였다. 구관호와 겨룬 적은 없지만 비등하다는 것이 세간의 평가였다.

"산자검이라. 재미있겠군."

"그 말, 후회하게 될 것이오!"

진천은 산자검을 바라보았다. 산자검은 구관호보다 못 해 보였다.

산자검이 진무전을 이길 일은 하늘이 두 쪽 난다고 해도 없을 것이다.

산자검은 자신의 주제를 모르고 명성에 욕심을 부린 것이다.

산자검이 검을 뽑자 진무전은 가볍게 손을 뻗을 뿐이었다. 자신을 무시하는 진무전의 행동에 산자검의 얼굴이 일그러졌다.

"하앗!"

산자검의 검이 빠르게 진무전을 향해 뻗어갔다.

산자검의 무공인 산진검법(山眞劍法)의 산중검(山中劍)이었다. 거대한 산을 보는 듯한 기세가 휘몰아쳤다.

진무전의 실력을 가늠해 보기 위해 가볍게 펼쳐진 것이었다. 하나 그것이 패착이 되고 말았다.

콰앙!

진무전은 처음부터 전력이었다.

그는 이 자리에서 죽을 생각을 하고 있었으니 숨기는 것이 없었다.

진무전의 주먹이 뻗어나가며 산자검의 검을 때렸다.

산자검의 검이 활처럼 휘어지더니 그대로 깨져 버리며 사방으로 튕겨 나갔다.

"커헉!"

산자검이 뒤로 붕 떠 날아갔다. 진무전의 주먹이 산자검의 가슴을 때린 것이다.

산자검의 가슴에는 커다란 구멍이 생겨 있었다. 진무전의 권강이 허공을 격하며 강탄으로서 발휘된 것이다.

산자검은 몸을 부르르 떨다가 축 늘어졌다. 방심했다고는 하지만 단 일수에 산자검이 당해 버리자 침묵이 생겼다.

"입만 산 놈이로군."

거친 숨을 몰아쉬던 진무전의 호흡이 다시 안정되었다. 방금 전 그 초식은 상당히 부담이 되었던 것이다.

하지만 기세를 꺾는데 중요한 역할을 했으니 나쁘지 않은 선택이었다.

진무전은 그냥 죽어줄 생각이 없었다. 자신의 이름을 똑똑히 새겨주고 싶었다. 그것이 비록 자신의 죽음이란 형태로 기억된다 해도 말이다.

"내가 바로 진무방주 진무전이다!"

그가 호기롭게 외쳤다. 산동 무림회의 장로와 황보대산에 고개를 저었다. 산동 무림이 최근 떠오르고 있기는 하지만 아직 걸출한 인물은 나타나지 않고 있었다.

진무방주가 능히 그 역할을 할 수 있을 거라 생각했지만 진무방주는 정도의 길을 걷고 있지 않았다. 사사로운 이익에 사로잡혀 산동 무림을 위태롭게 하였다.

'단 한 사람을 제외한다면 말이지.'

황보대산은 진천에게 시선을 두었다.

진천은 다른 무림인들과는 달리 진무방주에게 압도당한 기색이 없었다.

그것은 신룡단의 인물들 역시 마찬가지였다. 그를 추종하는 젊은 무림인들은 낭패한 기색이 짙은 현 세대의 무림인들과는 표정 자체가 달랐다.

사기가 넘쳤고 죽음을 두려워하지 않았다. 젊음을 불태우며 정의를 갈망하고 있었다.

"황보 대협, 우리가 나서는 것이 어떻겠소?"

"체면은 구기는 일이지만 일을 더 키우는 것보다는 낫지 않겠소?"

산진파의 장문인과 동해검파의 원로가 그렇게 말했다.

그들은 전 무림에서도 알아주는 고수로서 무림백천의 상위권에 위치해 있었다. 비록 황보대산과는 견줄 수 없으나 산동무림의 선배로서 그 역할을 다하고 있었다.

"좀 더 기다려 보기로 하시지요."

"오, 눈여겨보는 자라도 있소? 혹시……."

"맞습니다."

황보대산의 확답에 그 둘은 고개를 끄덕였다.

황보대산의 예상이 맞아떨어졌다. 신룡단의 젊은 무림인들 사이에 있던 진천이 앞으로 나오기 시작했다.

진천에게는 어려운 상대일 것이 분명했다.

황보대산은 진천이 위험에 빠진다면 즉시 구할 생각이었다.

진천이 나오는 것을 말리지 않은 까닭은 그가 산동 무림의 체면을 다시 세워줄 인물이었기 때문이다.

아직 젊은 그가 진무방주와 대적할 수 있다면 분명 어떤 후 기지수들보다 주목받을 것이다.

황보대산은 언제든 나설 수 있도록 내기를 끌어 올리고 있었다.

'여태까지 있었던 산동 무림의 수난과 고난은 다 저 사내를 맞이하기 위함인지도 모르겠군.'

황보대산은 진천을 바라보며 그렇게 생각했다.

진천은 그야말로 불세출의 인재였다. 무공이면 무공, 인품, 그리고 이제는 집안마저 완벽하다. 게다가 그의 근골은 황보대산조차 눈이 돌아갈 정도로 완벽에 가까웠다. 그야말로 무공을 익히기 위한 근골이었다.

산동의 거의 모든 주요 무림인들이 모여 있는 이 자리에서도 제일 빛나는 것은 단진천이었다.

진천이 앞으로 나가자 무림인들이 바다가 갈라지듯 옆으로 양옆으로 비켜섰다.

마치 진천만을 위한 무대가 준비되는 것 같았다.

진천의 걸음걸이는 느렸지만 기백은 이미 주위를 압도하고 있었다.

도저히 그 나이 또래의 수준이라고는 볼 수 없었다.

진천은 진무전의 앞에 섰다. 드디어 두 사람이 마주보며 서는 자리가 마련되었다.

진무전은 그를 보자마자 눈앞에 사내가 단문세가의 단진천임을 알아차렸다.

진무방의 앞길을 막은 자가 저 젊은 사내였다. 그렇게 생각하니 분노보다는 웃음이 절로 나왔다.

마치 자신이 저 영웅을 위해 준비된 악당 같지 않은가?

"네가 단진천이군."

"그렇소. 진무방주 진무전, 선배에 대한 예는 갖추지 않겠소."

"그래, 그래야 사내지. 모든 것이 죽음 앞에서 무슨 소용이 있겠는가."

진천은 진무전을 바라보았다.

그는 죽음 앞에서 맹렬히 타오르고 있었다. 모든 것을 이 자리에서 쏟아 부을 생각인 것이다.

차앙!

진천이 단천검을 뽑았다. 단천검에서 청명한 검명이 울려 퍼졌다.

진천의 경지가 보통이 아님을 보여주었다.

진무전도 신중한 표정이 되었다. 얕볼 생각은 없었다.

진천의 무공의 고하가 어찌 되든 자신의 앞을 막아서고 진무방을 부러뜨린 자였다. 그런 자에게 최선을 다하지 않는다는 것이 이상할 것이다.

진무전은 다리를 벌리고 손을 앞으로 뻗었다.

진무전의 주력 무공인 진무권법(眞武拳法)이었다. 본래 사파의 권법이었지만 진무전은 정파의 권법들을 익히면서 얻은 깨달음이 섞여 들어가 있었다.

내공심법에서 오는 탁한 기운만 아니었다면 정파의 무공으로 분류해도 손색이 없었다.

'만류귀종이라고 했던가?'

사파의 무공이든 정파의 무공이든 자연이라는 커다란 흐름에 속해 있었다. 그 끝은 모두 같을 것이다. 다만 방향성의 차이일 뿐이었다.

하지만 진천의 무공은 다를 것이다. 자연의 흐름을 벗어나 역행하는 것이 바로 수라역천신공이었다.

진천의 검에서 한 자 길이의 검강이 치솟았다.

검푸른 빛깔을 지닌 검강이 나타나자 주변에서 감탄성이 터져 나왔다. 순식간에 검강을 형성하려면 풍부한 내공과 깊은 깨달음이 있어야만 가능했기 때문이다.

"과연, 젊은 나이에 대단하군. 선수는 양보하지."

진천은 거절하지 않고 검을 올렸다.

진천은 설레임을 느꼈다. 진무전이라는 자가 어떤 경지를 보여줄지 기대되었고 자신이 얼마만큼 성장할 수 있는지 궁금했다.

진천은 내력을 끌어 올리며 보법을 밟았다.

진천의 검은 유려한 곡선을 그리며 진무전을 향해 나아갔다. 빛살처럼 빨랐으며 천근처럼 무거웠다.

단천검법이 펼쳐지기 시작한 것이다.

진천의 검의 순식간에 진무전의 코앞에 다다랐다. 유려한 선이라 여겼던 검로는 순식간에 변해 빛살처럼 그의 사혈을 노리며 뻗어왔다.

진무전의 눈에 이채가 서렸다.

그는 권강이 뿜어져 나오고 있는 두 손을 뻗으며 진천의 검을 막았다.

콰아아아!

진무전의 신형이 뒤로 크게 날아올랐다.

진무전은 뒤로 뻗어나가면서 허공을 밟았다. 속도가 줄어들더니 그의 몸이 가볍게 진무방의 담벼락 위로 올라섰다.

기와가 전혀 흔들리지 않았다. 그는 허공답보의 묘리를 보여주었다.

진천은 뻗었던 검을 회수하며 진무전을 바라보았다.

진천은 크게 바닥을 박차며 위로 날아올랐다. 몸을 회전시키며 담장 위에 가볍게 올라섰다.

"대단한 검법이군. 단문세가의 검법인가?"

"단천검법이라 하오."

"단천이라… 좋은 이름이다."

진천과 진무전이 담장 위에서 서로를 마주보았다.

타앙!

대문에 걸려 있던 진무방의 현판이 바닥에 떨어졌다. 그 순간 진천과 진무전이 서로를 향해 달려들었다. 기와가 박살 나며 공중에 휘날렸다.

콰앙!

진무전의 주먹이 우직하게 진천의 가슴을 노리며 뻗어왔다.

탁한 노란빛의 권강이 뿜어져 나오며 진천을 박살 낼 기세로 뻗어갔다.

진천은 몸을 회전시키며 강하게 정면을 향해 베었다.

검과 주먹이 부딪히며 충격파가 주위를 휩쓸었다. 진천의 발이 움푹 들어가며 담장에 금이 가기 시작했다.

진무전의 상황도 마찬가지였다.

진천은 무너지는 담장을 밟으며 빠르게 검을 휘둘렀다. 가히 빛살이라 불릴 만한 쾌를 지닌 검술이었다.

진무전은 사방을 가득 채우며 뻗어오는 검강의 세례에 속으로 크게 감탄했다. 검의 이해도가 구관호에 비해 전혀 떨어지지 않았다.

진무전은 진무검법의 방어 초식인 팔방벽권(八方壁拳)을 펼쳤다.

화경의 극치라고 봐도 무방한 진천의 쾌검을 진무전이 하나하나 모두 쳐내고 있었다. 가히 벽이라 보아도 무방할 정도였다. 권강과 호신강기에서 펼쳐지는 초식은 결코 흔들리지 않았다.

타앙!

허초가 섞인 진천의 검을 간파해 내고 진무전의 주먹이 진천의 검과 부딪혔다.

진천은 뒤로 붕 떠서 밀려나기 시작했다.

타다다닷.

기와를 부수며 뒤로 크게 미끄러지고 나서야 간신히 발을 놀려 멈출 수 있었다.

진천의 눈에 주먹을 뻗은 채로 가만히 자세를 잡고 있는 진무전이 보였다.

'대단한 고수로군.'

놀라움의 연속이었다.

삼류 무사일 때는 짐작조차 할 수 없었던 경지를 몸소 느끼고 있었다.

진무전은 그야말로 화경의 끝에 이르렀다 해도 무방했다.

본래대로라면 진천이 크게 뒤처져야 할 테지만 진천의 검은 깨달음으로 판단하기에는 그 흐름을 벗어나 있었다.

진무전도 진천과 대적하면서 그것을 느낀 모양이었다.

진천은 자신과 다른 무언가를 지니고 있었다. 그것이 밖으로 나왔을 때 과연 어떤 모습일지 궁금해졌다.

"대단하군. 팔방벽권이 모두 파훼되다니. 자네의 검 앞에서는 호신강기 따위는 무의미하겠군."

"과연 벽이라 부를 만하오."

"과연 보법은 어떨까!"

진무전의 모습이 순식간에 사라졌다. 잔상을 그리며 사라졌던 그가 어느새 진천의 위에 떠올라 있었다.

이형환위의 수법이었다.

타앙!

공중에서 강탄이 뿜어져 나오며 진천에게로 쏟아졌다.

진천은 빠르게 보법을 밟으며 물러났다.

진천의 잔상에 강탄들이 닿으며 담장을 산산조각 내버렸다.

진천은 진각을 밟으며 진무전을 향해 날아올랐다.

진천의 발이 공중을 휘저으며 진무전에게 향했다.

콰앙!

진천과 진무전의 신형이 공중에서 부딪혔다. 빠르게 회전하며 베어가는 진천의 검을 진무전이 두 팔을 들어 올려 막았다.

진무전은 전신 내력을 끌어 올려 허공을 밟으며 물러난 다음 강하게 주먹을 내질렀다.

진천이 검을 들어 막았지만 충격을 상쇄할 수는 없었다. 진천의 몸이 옆으로 튕겨 나가며 진무방의 건물에 부딪혔다.

벽을 뚫고 나무 바닥에 미끄러지다가 진천이 검을 바닥에 꽂아 넣고서야 멈출 수 있었다.

본래라면 큰 내상을 입을 정도의 공격이었지만 진천의 내부는 평온했다. 감히 혼기의 앞에서 진무전의 내력은 그를 해할 수 없었다.

진천이 들어온 것은 진무방의 호화스러운 접대실이었다. 여기저기 금두꺼비가 보였고 서역에서 건너온 물품들이 가득했다. 한쪽에 있는 불상마저 금목걸이를 두르고 있었다. 그동안 진무방이 세력이 얼마나 커졌는지 보여주는 대목이었다.

타앗!

뚫린 벽에 진무전이 가볍게 내려앉았다.

진무전이 발을 휘젓자 나무 잔해들이 옆으로 간단히 치워졌다.

진무전의 눈은 천천히 몸을 일으키는 진천에게 향해 있었다.

무림인들이 당황하며 진무방의 건물을 포위하는 것이 보였다.

진무전은 검을 겨누고 있는 진천을 지나 옆으로 달려 나갔
다.

'도주?'

진천은 그가 도주한다고는 상상할 수도 없었다.

문을 박살 내고 긴 통로를 넘어가는 것을 보니 자신을 유인
하고 있는 것을 확신했다.

진무방의 건물에 함정이라도 있는 것일까?

진천은 고개를 저었다. 진무방주는 사파의 인물이었기는
하나 꽤나 정정당당하게 승부를 걸어왔다.

구관호 역시 그런 기질이 있었다. 분명 명성을 얻기 위해
수단과 방법을 가리지는 않았지만 타고난 무인으로서의 기질
은 속일 수 없는 모양이었다.

제4장
진면목

　진천은 진무전의 뒤를 쫓았다.

　진무방의 건물은 복잡한 형태로 지어져 있었다. 복도가 이리저리 얽혀 있었고 수많은 문이 자리 잡고 있었다. 처음 오는 자라면 헤맬 것이 분명했다.

　진천은 문이 열리는 소리를 따라 진무전의 뒤를 쫓을 수 있었다. 계단을 빠르게 오르고 여러 개의 문을 통과하자 커다란 방이 나왔다.

　진천은 그곳에서 자신을 기다리고 있는 진무전을 볼 수 있었다.

진무전은 커다란 산의 절경이 그려져 있는 그림을 보고 있었다.

진천이 도착하자 고개를 돌려 진천을 바라보았다.

"절경이지 않나?"

"그렇군."

"내가 제일 좋아하는 그림이지. 황실에 올라갈 것을 내가 구매했다네. 그때는 이것이 끝이 아니라 생각했었지."

"날 이리로 유인한 목적은?"

진무전은 날카로운 눈빛으로 진천을 바라보았다. 진천은 이미 그를 막대하고 있었다. 주위의 눈이 없었기 때문이다.

"자네에게는 무언가 특별한 것이 있어. 그렇지? 본인이 사파 출신이기 때문인가? 아니면 사파연맹주의 모든 것을 옆에서 보아왔던 인물이기 때문인가. 잘은 모르네."

"특별한 것이라……."

"아까 그 정도의 공부라면 본인을 이길 수 없을 게야. 자네의 단천검법은 빠르고 무겁기는 하지만 나에게는 닿을 수 없네. 경험의 차이지."

진천은 그를 바라보며 고개를 끄덕였다.

구관호 때와는 달랐다.

진무방주 진무전의 경지는 세간에서 말하는 경지보다 훨씬 높은 곳에 위치해 있었다. 시간이 허락된다면 가까운 미래에 현경의 경지를 이루었을지도 몰랐다.

"나의 공격을 막으면서 시간을 버는 것이 고작이겠지. 그렇게만 된다고 해도 산동 무림의 체면은 세울 수 있네."

"날 죽이기 위해서 이리로 유인한 건가?"

"아니."

진무전의 전신에서 내력이 폭발하듯 치솟았다. 고요한 방이 진동하기 시작했다.

그는 전력을 내보이고 있었다. 숨이 턱 막힐 정도로 대단한 내력이었다. 지금껏 상대해 왔던 자들과는 비교도 할 수 없었다.

과연 제남을 통째로 삼키고 산동 무림을 흡수하려던 야망을 가진 인물다웠다.

"전력을 내보이게나."

"전력이라⋯⋯."

진천은 단천검을 공중에 휘저었다. 그러고는 바닥에 검을 찔러 넣었다.

단천검이 맑은 검명을 토해냈다. 진천의 손은 검에서 점점 멀어졌다.

"진무전, 솔직히 말하면 나는 너를 거두고 싶다."

"거둔다? 네 밑으로 들어가란 말인가?"

"내 수족이 되라는 말이지."

"하하하! 재미있는 말을 하는군."

진천은 검집을 풀어 바닥에 내려놓았다. 그러고는 무복의 소매를 걷었다.

"내가 죽음에서 구해주지. 내 수족이 되어라. 거절은 용납하지 않는다."

"날 굴복시키겠다는 말인가? 그런 일은 없겠지만 그럴 바에 야 차라리 죽는 것이 낫겠군."

"죽음을 너무 모르고 있군."

진천은 진무전을 향해 손을 뻗었다. 공중을 가볍게 휘저으며 덤비라는 듯 손을 까딱였다. 너무나 오만한 도발이었다. 화경의 끝에 있는 고수를 저런 식으로 대하는 무인은 없을 것이다.

"날 권법으로 상대하여 선수를 양보한다는 말인가?"

"두 수 정도는 양보해 줄 수 있을 것 같군."

"오만하군! 오만해! 영웅이라 부르니 네가 진짜 그 정도 경지를 이룬 줄 아는가!"

진무전의 내력 섞인 호통이 휘몰아쳤다. 그 내력을 받아내면서도 진천은 아무런 미동도 없었다.

그에게 닿은 내력이 순식간에 사라져 버렸다.

진무전의 눈동자가 커졌다. 그와 동시에 진천의 미소가 그려졌다. 섬뜩한 미소였다.

"오너라."

진무전은 얼굴을 구기며 그를 향해 달려들었다.

그의 전력이 담겨 있는 권강이 주변의 모든 것을 찢어발기고 있었다.

진천은 그 가운데에서 고요하게 손을 뻗은 채로 서 있을 뿐이었다.

진무전의 신형이 사라지며 진천에게 뻗어갔다. 진무권법의 정수가 펼쳐지기 시작했다. 두 주먹에 담긴 강력한 권강은 현경의 경지를 넘보고 있었다.

진무권법의 오의라 부를 수 있는 진무양권(眞武兩拳)이었다. 전신 내력에서 뿜어져 나오는 모든 기운을 양 주먹에서 뿜어내는 권법이었다.

막대한 내력에서 뿜어져 나오는 권강은 쉽게 막힐 성질이 아니었다. 막는다고 해도 침투해 오는 내력에 큰 내상을 입을 것이 분명했다.

진무전은 진천이 피할 생각을 하지 않자 자신의 승리를 예감했다.

이변이 일어난 것은 권강이 진천에게 닿으려 할 때였다.

파아아아아!

진천의 주변에서 엄청난 내력이 뿜어져 나왔다. 그것은 불길하기 이를 데 없는 잿빛이었다.

진무전의 눈동자가 커졌다. 자신과 비등할 정도의 내력이었다. 하나 그 질에서부터 차이가 났다.

콰아아앙!

진천이 주먹을 쥐자 잿빛 권강이 터져 나오며 진무전의 권강과 부딪혔다.

나무 바닥이 일어나고 주변의 벽들이 부서져 나갔다. 절경을 그려 넣은 그림이 허무하게 찢겨지며 바닥에 떨어졌다.

물러난 것은 진천이 아니었다. 전력으로 공격한 진무전이었다. 진천은 진무전의 경악 어린 시선을 담담히 받아줄 뿐이었다.

"도대체 무슨 기운이냐. 이런 기운⋯ 들어본 적도 없다!"

"혼기."

"혼기? 있을 수 없는 기운이다! 이것은!"

혼기는 깨달음을 역행한다. 진천은 천천히 자세를 잡으며 그를 바라보았다. 혼기를 본 이상 그는 죽거나 자신의 수족이 되어야 했다.

이제 해볼 만한 승부가 되었다.

경험에서는 진무전이 앞서지만 내력에서 뿜어져 나오는 파괴력에서는 진천이 압도적으로 강했다.

게다가 사혼단의 특성상 그의 내력은 끊임없이 보충되었다. 화경에 이르러 진기의 유통은 끊임이 없었다.

수라역천심법은 지금 이 순간에도 그의 단전을 풍족하게

채워주고 있었다.

구관호, 그리고 살수들과의 싸움을 거쳐 칠성에 이른 수라역천심법의 위력이었다.

구경꾼들이 오기 전에 그럴듯하게 끝내야 했다.

진천의 신형이 흐려지더니 순식간에 진무전의 앞에 나타났다. 진천의 신형을 보는 것 같은 그림자가 사방에서 솟아났다.

하나하나가 잿빛의 강기로 이루어진 허상이었다. 순간 진무전의 눈이 진천의 신형을 놓쳐 버렸다. 진천의 주먹이 뻗어왔다.

콰앙!

진무전은 팔을 들어 올리며 진천의 주먹을 막았다. 진무전의 호신강기가 가볍게 박살 나며 진무전이 뒤로 날아갔다.

벽을 뚫고 날아간 진무전이 바닥을 굴렀다.

체면을 생각할 겨를이 없었다. 진천의 신형이 이미 그의 위에 도달해 있었기 때문이다.

진천의 발이 그의 머리를 찍어버리려 했다.

진무전은 바닥을 구르며 옆으로 빠져나왔다.

뇌려타곤이었지만 진무전은 그것보다 진천의 달라진 무공에 경악할 수밖에 없었다. 단순히 구관호만큼이나 검을 잘 다루는 젊은 무인인 줄 알았건만 실상은 그것이 아니었다.

그의 권법은 도저히 짐작할 수 없을 정도로 끔찍했다. 어떤 묘리가 있는지 어떤 초식이 전개될지 도저히 짐작이 가지 않았다. 흐름을 넘어서고 있었다.

'형태를 잊는다는 현경인가? 아니야, 그렇기엔 아직 부족해!'

진무전에게는 진천의 부족한 깨달음이 보였다.

그는 그 차이를 내력과 짐작할 수 없는 무공으로 메우고 있었다.

만약 이자가 깨달음을 얻어 더욱 높은 경지에 이른다면 그야말로 끔찍한 재앙이 탄생될 것이란 강한 예감이 들었다.

진무전은 빠르게 주먹을 뻗으며 진천의 무공에 대항했다.

"커억!"

둘의 주먹이 서로 맞부딪혔지만 손해 보는 쪽은 진무전이었다.

혼기가 단번에 그의 몸으로 침입하며 내력을 먹어치우고 있었다. 거기에서 느껴지는 고통은 그야말로 막대했다. 다급히 진무신공의 구결을 외웠지만 간신히 막아내는 것이 전부였다.

진무전은 순식간에 수세에 몰렸다. 침착함을 되찾는다면 대응법을 찾을 수 있겠지만 이미 늦었다.

진천의 수라권법은 마치 독사처럼 그의 약점을 파고들었다.

내력이 흔들리기 시작한 약점을 물어뜯고 있는 것이다. 더욱더 막대한 내력을 퍼부은 공격이 계속되었다.

수라신권(修羅神拳) 파혈신(破血身).

진천의 주먹이 진무전의 가슴을 후려쳤다.

진무전이 입가에 피를 토하며 뒤로 주춤 물러났다. 단번에 내부가 진탕이 되어버린 것이다.

그럼에도 불구하고 진무전은 진천에게 대항해왔다. 경험으로 격차를 메우며 버텨내고 있는 것이다.

진무전의 권강이 진천의 무복을 찢어버렸다.

진천의 몸에 새겨진 상처에서는 피가 흘러나왔다. 하지만 진무전과는 달리 내상은 존재하지 않았다.

진천은 진무전의 권법을 기억하고 있었다. 우직하고 강인한 그의 권법이 마음에 들었다.

수라신권에 그 우직함을 섞을 수 있다면 더욱 위력적인 권법이 될 것이 분명했다. 그것은 많은 주화심마를 불러올 테지만 진천의 사혼단은 그것을 허락하지 않았다.

"무슨 권법인가?"

"수라신권."

"수라신권! 이 세상의 권법이 아니군. 자네는 도대체 누구인가? 누구길래 이런……."

진천의 기세가 일변하며 잿빛 기운이 검게 물들기 시작했다.

사혼단에서 뿜어져 나온 사기가 진천의 혈맥을 타고 밖으로 뿜어져 나온 것이다. 너무나 사이한 기운이라 혼기로 제어

해야만 했다. 진천 역시 아직 제대로 사혼단을 다루지 못했다.

"허억!"

사기를 접한 진무전의 몸이 덜덜 떨렸다. 두려움이 그의 마음속에 밀려들어 왔다. 그것은 심마 그 자체였다.

화경의 극에 이르면서 죽음이 불러오는 두려움을 초월했다고 생각했지만 그것은 사실이 아니었다.

그는 본능을 떨쳐 버리는 경지가 아니었다.

진무전은 두려운 마음을 가까스로 진정시키며 자세를 잡았다. 전신의 기운을 모두 모으고 선천지기마저 끌어 올렸다.

동귀어진을 하려한 것이다. 하나 두려운 마음이 그를 흔들고 있는 것이 분명히 보였다.

"마신… 그야말로 마신이로다!"

"좋게 들리지는 않는군. 그 한 수, 거두는 편이 좋을 것이다."

"날 굴복시킬 수는 없다!"

진무전이 진천을 향해 악에 바친 목소리로 외치며 달려들었다.

그의 모든 것이 담겨 있는 동귀어진의 수가 펼쳐졌다. 막대한 내력의 파도가 진천을 향해 몰아쳤다.

진천 역시 내력을 끌어 올렸다.

수라신권(修羅神拳) 파천인(破天人).

진천의 신형이 흔들리는가 싶더니 진무전의 사방에서 나타났다.

강기로 이루어진 인형이 사방에서 생기며 진무전의 내력을 박살 냈다. 그것이 바로 상대방의 내력을 무너뜨리는 파천인이었다.

진천으로서도 처음 써보는 초식이었다.

진무전의 권법을 보며 얻은 깨달음을 가미하자 새로운 형태로 재탄생되었다. 단순히 상대방의 눈을 속이는 것이 아니라 우직함과 강인함을 지닌 파천인을 형성한 것이다.

콰가가가가!

모든 파천인이 폭발하며 강탄이 사방으로 뿜어져 나갔다.

진무전의 모든 내력이 강탄에 직격당하며 흩어졌다.

진무전의 눈동자가 커졌다. 진천의 진정한 신형이 그의 앞에 당도해 있었다.

진천의 주먹이 뻗어갔다. 잿빛의 권강을 머금은 기운이 진무전의 머리를 박살 낼 기세로 뻗어나갔다.

진무전은 죽음을 예감했다. 이미 자신의 내력은 모두 소진되어 막아낼 여력이 없었다.

진무전이 죽음을 받아들이는 순간이었다.

콰아아아!

진천의 주먹이 그의 코앞에서 멈췄다.

진무전이 천천히 눈을 떴다. 그리고 뒤를 바라보았다. 그의 뒤에 있던 벽에는 커다란 구멍이 뚫려 있었다.

진천은 천천히 주먹을 내렸다.

"굴복하겠나?"

진천의 몸은 잿빛의 기운으로 물들어 있었다. 마치 안개를 보는 것 같았다.

진무전이 본 진천은 인간의 틀을 벗어난 자였다. 아직은 어설프지만 분명 천하에 둘도 없이 강해질 것이다. 그 짧은 순간 진무권법의 근본과 묘리를 깨달아 자신의 무공에 섞을 줄 아는 자였다.

일대종사라는 말로는 부족했다. 눈앞에 있는 사내는 무신이자 마신이 될 자였다.

"그런 실력을 감추면서까지 무엇을 보고 있는 것이오?"

"마교, 그리고 무림맹."

진무전은 진천을 바라보았다. 그의 얼굴은 차가웠다. 자신에게 호기롭게 덤빌 때의 그 젊은이라고는 생각할 수 없었다.

"그 둘을 쳐부술 것이다."

"허억!"

진무전은 너무나 충격적인 말에 뒤로 주춤 물러났다.

"가능하겠소?"

"못할 것은 없지."

"하나 나는 선천지기마저 소모하였소. 무인으로서의 생명은 이제 끝이오."

"사기를 주겠다."

진천의 기운이 검은빛으로 물들었다. 사혼단에서 뿜어져 나오는 사기였다. 그것을 다시 접하자 진무전의 몸이 떨려왔다.

죽음보다 더 무서운 것이 진천의 몸 안에 있음을 그는 깨달아 버렸다.

저항은 무의미했다. 이자는 자신이 저항한다고 해도 자신을 봐주지 않을 것이다.

사기를 접한 순간 그는 그것을 알 수 있었다.

'마교와 무림맹을 없애 버리겠다라… 대단한 야망이다. 하나 이자라면 그것을 실현할 것이다. 인간이 할 수 없는 일이지만 이자라면……'

진무전도 그 광경을 보고 싶었다.

사파연맹이 해체될 때의 그 비통함은 심마에 들 정도로 대단했다.

그들에게도 똑같은 감정을 알려주고 싶었다. 이미 자신은 죽은 목숨이었다. 진무방도 없고 쌓아왔던 명성도 사라졌다.

이 삶에 무슨 미련이 있으랴? 자신의 눈앞에 있는 마신을 따라간다면 분명 색다른 풍경을 볼 수 있으리라.

진무전의 무릎이 꿇려졌다. 그는 고개를 숙였다.

"주군으로 받들어 모시겠습니다."

"좋다. 이제부터 너를 흑천이라 부르겠다."

진천은 그의 몸에 사기를 주입했다. 아주 적은 양이었다.

그의 몸에서 생기가 모조리 사라졌다. 사기가 텅 빈 선천지기에 파고들었다.

"사기가 널 죽음으로 위장해 줄 것이다."

"명을 따르겠습니다."

진천은 사법을 이용해 흑천을 죽음으로 위장했다.

그의 의식이 흐려졌지만 그것은 죽음이 아닐 것이다.

자신의 내부를 속인 것처럼 흑천의 내부를 그렇게 꾸몄다. 누가 보더라도 모든 기운이 다해 자멸한 것으로 보였다.

흑천의 몸 안에 스며든 사기가 그를 시체로 보이게 만들었다.

진천은 단천검이 있는 곳으로 다가가 검을 들었다. 진무전은 강한 자였다. 그의 몸 역시 무수한 상처가 나 있었다.

진천은 검을 바닥에 꽂아 넣으며 무릎을 꿇었다. 누가 보더라도 영락없이 진무전의 무공에 당한 모습이었다.

사법은 그를 심한 내상을 입은 상태로 만들어주었다. 너무나 정교한 위장술이었다.

본래 시체로 위장하는 것을 근간으로 둔 사술이었지만 진천의 응용력이 더해지자 이런 효과를 만들어낼 수 있었던 것이다.

사법은 그야말로 사이한 것의 정수라 부를 수 있었다.

유일하게 진천에게만 허락된 역천의 비술이었다. 막아놓았던 상처가 터졌다. 살수와의 싸움에서 낮지 않은 상처를 일부러 터뜨린 것이다.

막대한 고통이 느껴졌지만 진천은 오히려 그 고통이 자신이 살아 있음을 실감하게 만들어주어 편안한 기분이 되었다.

진천의 호흡이 가늘어졌다. 그의 몸은 이미 반쯤은 죽어가고 있었다.

살수들이 죽음을 위장하기 위해 호흡과 심장 박동을 느리게 하는 수법과는 궤를 달리했다.

타앙!

벽을 부수며 황보대산과 원로들이 진입했다. 황보대산은 진천이 검을 짚으며 주저앉아 있는 것이 보이자 진천에게 빠르게 다가갔다.

"이보게! 정신 차리게!"

빠르게 진천의 맥을 짚었다.

미세하지만 맥이 뛰고 있었다. 심각한 내상을 입은 것 같지만 영약을 먹으며 요양한다면 회복할 수 있을 것 같았다. 단전과 주요 혈맥은 무사한 까닭이었다.

원로들이 단진천의 뒤에 서며 내공을 주입했다. 그의 혈맥을 따라 주입한 내공이 돌며 내상을 더디게 만들었다. 원로는 어두운 표정으로 입을 떼었다.

"응급조치는 되었네. 다행히 버텨주었군. 진무방주는 어찌되었는가?"

"숨을 거두었소."

"으음……."

원로들은 진무방주와 진천을 번갈아 바라보았다. 분명한 양패구상이었지만 상태는 달랐다.

진무방주는 모든 내력을 소진한 채로 죽어 있었고 진천은 큰 내상을 입었지만 가늘게 호흡을 유지하고 있었다.

황보대산의 눈에 단천검이 보였다. 단천검은 진천의 앞에 흔들림 없이 꽂혀 있었다. 밑을 보니 바닥을 따라 금이 가 있었다.

퍼석!

바닥이 무너지며 구멍이 뚫렸다. 황보대산과 원로들의 시선이 밑으로 향했다. 커다란 구멍이 건물을 관통하고 있었다.

"저 명검이 진무방주의 내력을 밑으로 흐르게 했군! 가히 절묘하도다!"

"천운이 따랐구려! 하늘이 아직 젊은 영웅을 거두어 가지 않을 모양이오!"

원로들이 감탄하며 그렇게 말했다. 목숨이 위급한 와중에 이런 기지를 발휘한 것이다.

황보대산은 고개를 끄덕였다. 정황상 진천이 진무방주를 꺾은 것이 분명했다.

자세히는 몰랐지만 진무방주가 지닌 경지는 적어도 안정된 화경의 경지를 이루었을 것이다.

'진무방주. 세간에서의 평가보다는 못하지만 그래도 충분히 무림백천에 들 만한 인물이었군.'

세간에서는 그를 무림백천의 상위권으로 분류하고 있지만 황보대산은 그것을 믿지 않았다.

그가 사파 출신의 인물이라는 것은 공공연하게 알려진 사실이었다.

황보대산의 마음에는 사파를 경시하는 마음이 어느 정도 있었다.

아무튼 결론적으로 진천이 진무방주를 꺾은 것이었다. 천운이 작용했다고는 하지만 그것은 사실이었다.

그런 화경에 든 진무방주와 대등한 싸움을 했고 양패구상까지 몰고 간 진천이 무척이나 대단하게 느껴졌다.

그 나이 또래에 이룬 경지라고는 믿기 힘들었다. 하지만 그의 재능을 감안해 본다면 불가능도 아닐 것이다.

황보대산은 응급처치가 끝난 단진천을 안아 들었다.

얼마 전에도 죽을 뻔한 위기를 겪은 단진천이었다. 정말 하늘의 도움이 없었다면 단진천은 살아남지 못했을 것이다.

'그 친구가 하늘에서 도왔나 보군.'

황보대산은 단천검을 보며 그렇게 생각했다. 이 난장판 속에서도 단천검만이 유일하게 예전 그대로의 모습이었다.

황보대산이 진천을 안고 건물 밖으로 빠져나오자 모든 이목이 집중되었다.

진천이 의식을 잃고 있자 황보미윤의 얼굴이 새파랗게 질렸다.

황보대산은 좌중을 둘러보며 입을 떼었다.

"단문세가의 단진천이 진무방주 진무전을 꺾었다!"

"산진파의 장문인 산존자가 거짓이 없음을 밝히는 바이오."

순간 침묵이 자리 잡았다. 잠시 동안 내려앉은 침묵의 끝은 커다란 환호성이었다.

"와아아아!"

"단 단주님께서 진무방주를 박살 내셨다!"

"과연, 단천신검!"

신룡단의 모두가 눈시울을 붉히며 환호했고 산동 무림인들 역시 마찬가지였다. 자리를 지키던 원로들 역시 고개를 끄덕이며 흡족해했다.

이로서 산동에서 일어난 불미스러운 사태를 산동의 힘으로 해결한 것이었다.

게다가 걸출한 젊은 영웅까지 탄생했으니 산동에 몸담은 무림인으로서 어깨에 힘이 들어가는 것은 당연했다.

"어서 의원을! 산동 제일의 의원을 모셔 와라!"

황보대산이 그렇게 외쳤다.

황보미윤이 황보대산을 향해 경공까지 펼치며 뛰어오고 있었다.

'내 딸아이가 남자보는 눈은 있군. 어디서 이런 보물을 데려왔는지 모르겠어.'

보아하니 진천은 미지근한 태도를 보내고 있지만 딱히 거부하는 것 같지는 않았다.

'빨리 자리를 주선해야겠어.'

아직은 자신이 담을 수 있는 단진천이었지만 세월이 지나면 더 높은 곳으로 날아오를 것이 분명했다.

황보대산은 진천의 상태를 걱정하면서도 흡족한 마음을 감출 수 없었다.

제5장
비상(飛上)

　단진천의 명성은 그야말로 하늘을 찌르고 있었다. 이제는 명문세가의 후기지수에 그를 포함시키지 않았다. 무림백천에 명실상부하게 당당히 이름을 올린 것이다.

　그도 그럴 것이 비록 검증된 바가 없기는 하나 진무방주는 무림백천에 속한 인물이었다. 한 세력을 이끄는 수장을 젊은 나이에 꺾은 것이다.

　이제 그를 단순한 후기지수로 보는 이는 존재하지 않았다. 진천과 진무방주와의 대결을 지켜본 많은 무림인이 그것을 인정했다.

그의 이름은 무림맹에도 알려졌다.

무림맹에서도 진천을 언급하는 일이 많아졌고 후기지수들은 그를 인정하려 하지 않았다. 자존심이 상한 것이다.

'단문세가의 단진천이라……'

무림맹주의 귀에도 그의 이름이 들어갔다. 산동 무림을 위기에서 구한 젊은 영웅이라는 말을 들었을 때는 코웃음을 쳤다. 하지만 진무방주를 이겼다는 소리가 들려오자 제법 하는 애송이로 인정해야 했다.

지금 무림맹에 소속된 오대세가의 후기지수 중에는 진무방주를 이길 만한 인재가 없었다. 그것은 확실했다. 적어도 진무방주를 이기려면 화경에 들지 않고서는 불가능했기 때문이다.

'단진천을 무림맹으로 끌어들인다면 산동 무림을 품에 안는 것과 다름없겠군. 제갈세가와 황보세가가 하지 못한 일을 내가 할 수 있겠어.'

이미 단진천에 대해 알아본 무림맹주였다.

그가 신룡단라는 산동 무림의 젊은 후기지수들을 이끌고 있다는 것도 알고 있었다. 그들은 산동 무림의 중추가 될 자들이었다.

단진천을 추앙한다고 표현할 수 있을 정도로 따르니 무림맹에 포섭한다면 충분히 써먹을 수 있을 것 같았다.

무림맹주는 장내를 바라보았다.

정사대전 이후에 간만에 구파일방의 대표들과 오대세가의 가주들이 모여 있었다.

산동의 제갈세가와 황보세가를 제외하면 모두 모인 셈이었다. 그들은 산동의 일로 바쁘니 오지 못하는 것쯤은 이해하고 있었다.

장내의 분위기는 화기애애했다. 그것은 당연했다. 산동에서의 사건을 제외한다면 무림은 너무나 평화로웠기 때문이다.

무림맹주는 화기애애한 분위기 속에서 단진천을 이곳으로 데려올 방법을 생각해 냈다.

단진천이 진짜로 화경의 실력을 지녔다면 후기지수들의 의심을 잠재울 수 있을 것이다.

무림맹주인 자신이 직접 그의 공로를 치하한다면 자신을 거부하지 못할 것이 분명했다.

산동 무림회도 무림맹과 좋은 관계를 유지하는 기회가 될 터였다. 여태까지 좋은 분위기는 아니었지만 진천을 띄워준다면 괜찮은 관계를 형성할 터였다.

'어차피 앞길을 내다보지 못하는 늙은이들만 있는 곳이니 말이야.'

무림맹주의 마음속에 진천에 대한 기대가 커져가고 있었다.

무림맹주는 장내의 인물들을 바라보며 입을 떼었다.

"음, 그런 건 어떻겠소? 오랜만에 비무 대회를 열어 전 무림이 화합할 수 있는 자리를 갖는 것이. 후기지수들이 한 자리에 모여 화합할 수 있다면 백도 무림의 미래는 밝을 것이오."

"오, 좋은 생각이시구려!"

"맹주의 말씀에 동의하오."

모두가 찬성하자 무림맹주는 고개를 끄덕였다.

"산동의 후기지수들에 대한 기대가 크오. 단진천이라는 젊은 인재는 내가 직접 초대하도록 하겠소."

"오, 맹주께서 직접 말이오? 하긴, 그와 같은 젊은 인재는 드물긴 하오만."

무림맹주가 직접 초대를 하니 그가 참여하는 것은 기정사실이 되었다. 생각이 있다면 단진천은 결코 거절할 수 없을 것이다.

무림맹주의 숨은 뜻을 알아차리자 모두가 눈을 빛냈다.

아끼는 제자들이 드디어 빛을 볼 때가 온 것이다. 비무 대회는 명성을 얻는 등용문이었다. 구파일방 그리고 천하오대세가가 참여하여 자존심을 겨루는 자리이기도 했다.

직접 겨룰 수는 없으나 후기지수들이 누가 위인지 보여줄 것이다. 장내의 모두가 돌아가면 폐관 수련을 지시할 것이라 다짐했다.

무림맹주가 그런 분위기를 감지하고 씨익 웃으면서 입을 떼었다.

"이번 비무 대회의 우승자가 누가 될지 참으로 궁금하오. 분명 장차 백도 무림을 이끌어갈 인물이 분명할 것이오."

"허허허! 안타깝지만 이번 비무 대회의 우승자는 우리 화산에서 나올 것 같소만?"

"무슨 소리. 후기지수들을 논하자면 종남이 우세한 것을 모르오?"

"자자, 진정하십시다."

달궈진 분위기를 무림맹주가 중재했다. 자존심 싸움에 불을 붙였으니 이제는 지켜볼 일만 남은 것이다.

누가 이기든 자신의 관대함과 백도 무림의 위상을 보여주는 대회가 될 것이었다.

'볼거리가 많겠군.'

무림맹주는 장내를 돌아보며 그렇게 생각했다.

지루했던 무림맹에 큰 활력소가 될 것이 분명했다.

*　　　　　*　　　　　*

단진천은 현재 단문세가의 처소에서 치료를 받는 중이었다.

황보대산의 이목마저 속일 정도니 지금 그의 상태를 알아차리는 사람은 존재하지 않을 것이다.

무신이라 불리는 무림맹주라 할지라도 자세히 혈맥을 잡지 않는 이상 결코 알아차릴 수 없을 것이 분명했다.

사혼단으로 완성되는 사법은 인간의 술법이 아니었다.

진천이 진무방주와 생사 대결을 펼쳐 이겼다는 소문은 이미 제남, 그리고 산동을 넘어 전 무림에 퍼져 있었다.

'아픈 척하는 것도 이제 지겹군.'

이제는 부상을 가장하는 일은 없을 것이다. 소기의 목적을 달성했기 때문이다.

진천이 꾸민 자신의 모습은 그야말로 백도 무림에 어울리는 무인이었다.

죽음 앞에서도 바른 신념을 고수하고 그것을 지키는데 몸을 아끼지 않는 것이 바로 단문세가의 단진천이었다. 이 만들어진 모습을 자신의 수하가 아니고서는 알아차릴 수 없을 것이다.

아예 단문세가에 눌러앉아 있는 황보미윤, 그리고 황보대산 역시 그러했다.

당가연은 황보미윤에게 진천의 간호를 전담했고 황보대산과 화기애애한 자리를 가지게 되었다.

황보대산과 당가연은 친분이 있어서 서로를 대하는데 있어 어색함이 없었다.

진천은 그저 누워만 있는 것이 아니었다. 진무전과의 대결에서 얻은 깨달음을 머릿속으로 떠올리고 있었다. 그 묘리가 수라신권과 합쳐진다면 이제는 일반적은 권법과는 궤를 달리하는 무공으로 탄생될 것 같았다.

진천에게 흑천이라는 이름을 받은 진무전은 지금 사혼굴에 있었다.

진천은 비록 적이었지만 죽은 이에 대한 예는 갖춰야 한다며 흑천을 양지바른 곳에 묻자고 하였다. 누구도 그의 시체를 거두려 하지 않았기에 진천의 말을 받들어 단문세가가 나서서 흑천을 수습했다.

그 결과 진천의 인성을 칭찬하는 소문들이 많아졌다.

진천은 흑영대를 시켜서 흑천을 은밀히 빼돌렸다.

한밤중에 은밀히 나가 그에게 사기를 주입하자 그는 선천지기를 사기로서 회복하며 예전의 경지를 되찾았다.

아니, 오히려 역천의 흐름을 접하자 막고 있던 벽이 사라지며 더욱 높은 경지에 도달할 수 있는 발판이 생겼다.

흑천은 감동의 눈물을 흘리며 진천에게 충성을 다할 것임을 다시 한 번 맹세했다.

사기가 주입된 이상 진천을 거스를 수는 없지만 마음에서 우러나는 충성을 맹세한 것이다.

'흑천, 흑운, 흑풍.'

그들은 자신에게 큰 힘이 되어줄 것이다.

'슬슬 제갈세가도 정리가 되었겠군.'

요즘 제갈세가는 조용했다. 진천은 조용한 이유를 알고 있었다. 제갈남진이 제갈세가를 완벽히 장악한 것이었다.

진천은 제갈세가 쪽에 흑천을 보낼 생각이었다.

흑천이라면 제갈남진을 잘 요리해서 제갈세가를 집어삼킬 수 있을 것이다. 그리고 제갈세가를 이용해 쓸 만한 세력으로 만드는 것도 그의 역할이었다.

산동에서 제일가는 명가는 황보세가, 제갈세가였고 이제는 그 밑에 단문세가를 놓을 수 있게 되었다.

진천 혼자만의 역량으로는 무리가 있었지만 황보세가와의 관계가 돈독해졌으니 세간에서는 그 셋을 가리켜 산동삼가(山東三家)라 부르고 있었다.

단문세가의 높아진 위상을 의심하는 자는 없었다.

단진천은 이제 단문세가의 가주나 마찬가지였고 산동의 명문 정파, 명문 가문의 후기지수들이 조직한 신룡단의 단장이었다. 게다가 산동 무림회에 발언권까지 가지고 있으니 앞으로 더욱 날아오르면 날아올랐지 추락할 일은 결코 없었다.

달그락!

진천의 눈에 약을 달여 오는 황보미윤이 보였다.

단문세가의 창고에는 귀한 약재들이 잔뜩 쌓여 있었다.

단문세가와 좋은 인연을 맺기 위해 각지에서 보내온 약재였다. 내상에 좋은 약재뿐만 아니라 내공 증진에도 좋은 약재들이 가득했다. 과거였다면 입을 떡 벌리고 봤을 정도의 약재들이었지만 진천은 별 감흥이 없었다. 저것을 다 합쳐 봤자 수라환단과 비교할 수 없었다.

진천은 침상에서 몸을 일으켰다.

황보세가에서도 진천을 돌봐준 것이 황보미윤이었다. 외간 남자와 이리 붙어 있으면 안 좋은 소문이 돌 테지만 황보미윤은 그런 것을 신경 쓰지 않았다.

그녀는 총명했지만 동시에 미련했다.

'나에게 연정을 품어봤자 쓸데없는 일인 것을.'

냉정한 태도로 일관해도 그녀는 묵묵히 진천의 뒤에 있었다. 황보세가와 좋은 관계를 맺는데 그녀가 필요하고 이용해야 하기는 했지만 왠지 가슴이 답답했다.

그 끝이, 결말이 이미 정해져 있기 때문인지도 몰랐다.

모든 복수가 끝난 후에 평범한 일상을 누릴 수 있으리라는 기대는 하지 않고 있었다.

"일어나 계셨군요. 화산파에서 보내온 약이랍니다."

"화산파라 하셨습니까?"

"예. 단문세가와는 오랜 인연이 있으니 특별히 신경을 쓴 것 같아요."

단문세가의 검법은 화산파의 뿌리를 두고 있으니 화산파와 큰 인연이 있는 것은 맞았다. 좋은 약은 먹어둬서 나쁠 것이 없었다.

잠시 침묵이 내려앉았다. 거북한 침묵이 아니라 고요하고 마음이 차분해지는 침묵이었다.

"상처는 괜찮으신가요?"

"예, 괜찮습니다. 내상은 전부 나았습니다."

"다행이네요."

산동 제일의 의원이 오갔고 그 좋은 약재를 먹었으니 내상이 전부 회복되었다고 해도 이상함이 없었다. 하루 정도만 지나면 본격적으로 몸을 움직여도 될 것 같았다.

"아! 그거 아세요? 무림맹에서 비무 대회를 연다고 해요. 무림맹주가 직접 단 공자님을 초대한다는 말이 있어요."

"무림맹에서 비무 대회라……."

"화합을 다지는 중요한 자리가 될 것 같아요. 물론 어렵겠지만요."

"그렇겠지요."

진천은 고개를 끄덕였다.

비무 대회는 둘째 치고 무림맹주가 자신을 주목하고 있다는 점은 대단히 마음에 들었다. 비무 대회에서 좋은 성적을 거두면 무림맹, 그리고 무림맹주와의 연을 만들 수 있을 것이다.

'준비해야겠군.'

무림맹주의 눈썰미는 분명 보통 사람과는 다를 것이다. 더욱 완벽히 준비를 해야 했다.

"기대가 되네요."

"그렇군요."

진천은 활짝 웃으며 말하는 황보미윤을 보며 고개를 끄덕였다.

진천 역시 앞으로의 날들이 기대가 되었다. 그들이 가장 찬란하게 빛날 때 무참히 짓밟아 버릴 것이다.

*　　　　*　　　　*

제갈세가의 분위기는 완전히 바뀌어 있었다. 무거운 적막감만이 감돌고 있었다.

제갈남진은 가주의 방에 앉아서 오만한 표정으로 아래를 내려다보고 있었다.

제갈세가를 구성하는 주요 인물들이 모두 제갈남진의 앞에 부복을 하고 있었다.

그들은 이제 제갈남진을 거스를 의지조차 없어 보였다. 고독의 무서운 점은 바로 그것이었다. 스스로가 느끼지 못하는 사이에 충성심이 생겨나는 것이었다.

처음에는 분노와 절망을 느끼겠지만 고독이 그 감정을 통제하여 충성심으로 바꾸고 있었다. 이곳의 모든 이가 제갈남진을 따르고 있었지만 단 사람만이 그렇지 않았다.

바로 제갈소현이었다.

제갈남진은 제갈소현에게도 고독을 심었지만 그녀의 마음을 빼앗아가지는 못했다. 그것은 제갈남진도 모르는 일이었다.

제갈소현은 이를 갈며 고개를 숙여야만했다.

제갈남진이 기이한 세력과 의탁하여 제갈세가를 먹어치웠다는 사실을 빨리 누군가에게 알려야 했다.

'하지만 어떻게?'

그녀의 머리에 있는 고독은 그런 그녀의 행동을 제약했다. 말하려고 시도를 한다면 머리가 터져 죽을 것이 분명했다. 일단 제갈남진에게 충성을 다하는 척을 해야만 했다.

제갈남진은 자신의 발아래서 고개를 숙이고 있는 제갈소현을 보며 비릿한 미소를 짓고 있었다.

자신을 그토록 깔보았던 여자가 저렇게 자신의 발아래 부복하고 있으니 기분이 너무나 통쾌했다.

'그분에게 충성을 다할 것이다.'

제갈남진은 자신에게 힘을 준 존재를 떠올리며 몸을 부르르 떨었다. 그분에게 충성을 다한다면 더욱 강대한 권력을 가질 수 있으리라는 확신이 들었다.

"가주님, 무림맹에서 서찰이 왔습니다."

제갈남진이 손가락을 까딱하자 부복하고 있던 남자가 공손하게 서찰을 가져다주었다.

그 남자는 그의 백부로 지금은 제갈남진의 책사로서 임무를 다하고 있었다.

그의 눈빛은 이미 죽어 있었다. 오로지 제갈남진에 대한 충성만을 생각하고 있는 것이다.

"비무 대회라… 단진천, 그놈도 참가하겠군."

"무림맹주가 직접 서찰을 보내왔다고 합니다."

제갈남진의 얼굴이 일그러졌다. 그놈의 얼굴이 떠오를 때마다 치솟는 분노를 참을 수 없었다.

제갈남진은 제갈소현을 보는 순간 다시금 미소를 지을 수 있었다. 제갈소현을 이용하여 단진천을 추락시키려는 계략이 떠오른 것이다.

'단진천, 네놈이 기고만장할 날도 얼마 남지 않았다.'

제갈남진은 단진천이, 그리고 제남이 자신의 발아래 무릎을 꿇을 날이 곧 올 것만 같았다.

"하하하하!"

제갈남진은 미친 듯이 웃으며 자신의 선택이 틀리지 않았음을 다시 한 번 확신했다.

*　　　*　　　*

진천은 무림맹주로부터 초대 서찰을 받았다.

진천의 공로를 인정하고 백도 무림의 화합을 위해 자리를 빛내달라는 말이 적혀 있었다. 제법 정중한 어투였지만 무림맹에 대한 자부심과 자신의 권위를 내세우고 있었다.

'비무 대회라… 나쁘지 않군.'

비무 대회에서 우승한다면 무림맹주의 눈에 확실하게 들 수 있을 것이다. 그렇게 된다면 무림맹의 주요 직책으로 나아갈 수 있는 기회를 잡을 수 있을지도 몰랐다.

그렇지 않더라도 명성을 얻는 것만으로도 일을 꾸미는데 유리할 것이다.

'게다가……'

진천은 똑똑히 기억하고 있다.

그의 하나뿐인 가족을 죽인 남궁세가의 소가주를 말이다.

진천은 결코 그놈을 곱게 죽이지 않으리라 다짐했다.

남궁세가를 철저하게 무너뜨린 다음 가장 큰 고통 속에서 죽게 할 것이다.

'지금을 즐기고 있거라.'

진천은 살기를 갈무리했다. 비무 대회가 열리기까지는 아직 시간이 있으니 무공의 경지를 올려야 했다.

흑천과의 싸움에서 얻은 심득은 적지 않았다. 게다가 흑천의 무공을 습득한다면 좀 더 상승 경지로 빠르게 갈 수 있을 것이다.

흑천은 지금 흑영대를 지도하고 있었다. 오로지 진천을 위해 헌신하는 흑영대는 이제 마교의 정예와 비교해도 부족함이 없을 것이다.

청월루주의 무공과 흑천의 상승 무공의 정수를 제대로 배우고 있으니 말이다. 누가 그런 비기들을 전수할 생각을 할 수 있을까?

아무리 신뢰하는 부하라고 해도 그러지는 못할 것이다. 그것이 진천이 지닌 강점이었다. 절대 배신하지 않는 수족들은 앞으로도 그에게 큰 힘이 되어줄 것이다.

마당으로 나온 진천은 당가연과 황보미윤이 이야기를 나누고 있는 것을 보았다.

황보대산은 단문세가에 더 머물고 싶어 했지만 황보세가를 오래 비울 수 없기에 얼마 전에 황보세가로 돌아갔다.

다만 황보미윤은 아직 진천 곁에 남아 있었다.

"아! 단 공자님, 아직 나오시면 안 돼요."

"몸은 이제 괜찮습니다."

황보미윤의 얼굴에는 진천을 걱정하는 기색이 가득했다.

당가연은 그것을 흐뭇하게 지켜보고 있었다.

"그래, 서찰은 보았느냐?"

"예, 무림맹주께서 직접 초대하셨더군요."

당가연도 서찰을 읽어 보아 그 사실을 알고 있었다.

무림맹주가 직접 초대할 정도로 단진천의 위상은 높아져 있었다.

당가연은 그것이 자랑스럽기는 했지만 동시에 걱정도 되었다. 무공의 고하와는 상관없이 무림은 권모술수가 난무하는 곳이었다.

진천이라면 현명하게 처신하겠지만 그래도 걱정스러운 기색을 감출 수는 없었다.

무림맹은 무림에서 제일간다는 이들만 모여 있는 곳이니 말이다.

"당분간 폐관 수련을 할까합니다."

"몸도 성치 않은데 괜찮겠느냐?"

"예."

당가연은 기특하다는 듯 진천을 바라보았다. 저런 굳센 의지가 있으니 권모술수가 난무하는 무림에서도 잘 처신할 수 있을 것이다.

"너무 무리하지는 마세요."

황보미윤은 말리고 싶어 했지만 그 속내를 털어놓지는 않았다. 마치 전쟁이라도 나가는 남편을 보는듯한 표정으로 진천을 바라볼 뿐이었다.

진천은 즉시 간단하게 짐을 싸서 단문세가 밖으로 나왔다. 황보미윤이 배웅을 나왔다.

단진천은 잠시 멈춰서 황보미윤과 함께 천천히 내리는 눈을 바라보았다.

"포근한 날이네요."

"그렇군요."

진천은 왠지 따듯한 마음이 되었다. 지금 이 순간만큼은 아무런 근심 걱정 없이 내리는 눈을 바라볼 수 있었다.

황보미윤은 사람을 편안하게 만들어주는 여인이었다.

진천은 살짝 눈을 감았다. 얼굴에 부딪히는 차가운 눈의 감촉이 다시 그의 정신을 일깨워 주었다.

물이 되어 흐르는 눈은 그날 얼굴에 흐르던 피의 감촉과 다르지 않았다.

"부디 몸조심하세요."

황보미윤은 보따리를 진천에게 건넸다. 영약으로 정성스럽게 달인 약이었다.

진천은 그녀가 밤잠을 줄여가며 약을 달인 것을 잘 알고 있었다. 손에 화상을 입을 정도로 정성이 깃든 약이었다.

"그럼……."

진천은 황보미윤과 눈을 맞추었다. 그러고는 등을 돌리며 멀어져 갔다.

황보미윤은 다녀오겠다는 말 한마디 없이 가버린 진천이 야속하게 느껴졌다. 그러면서도 멀어져 가는 진천의 뒷모습에서 시선을 뗄 수 없었다.

*   *   *

진천은 사혼굴에 도착했다. 사혼굴의 전경은 예전과 많이 달라져 있었다.

청월루에서 벌어들이는 돈은 엄청났다. 제남의 모든 돈이 청월루에서 유통된다는 말이 있을 정도였다.

설화는 보다 현명하게 청월루를 운영했고 그 결과 청월루는 제남 제일의 주루에서 산동 제일의 주루로 성장했다. 다른 지방에서 일부러 찾아오는 손님이 생길 정도였다.

자금이 풍부해지니 사혼굴 역시 제대로 된 모습을 갖추어가고 있었다. 진법에도 능통한 흑천이 주변에 진을 설치해 외부에서의 출입을 힘들게 만들었다.

사기로 이루어진 진법이었기에 그 위력은 막대했다.

사기를 지니지 않고서는 사혼굴에 도착할 수 없었고 침입자들은 기력이 모두 쇄진하여 혼절할 뿐이었다.

"오셨습니까! 주군."

"흑천, 적응은 다 되었나?"

"예, 주군께서 하사하신 은혜덕분이옵니다."

흑천은 극진한 태도로 진천을 맞이했다. 그의 경지는 더욱 높아져 조만간 현경을 이룰 수 있을 것으로 보였다.

"충!"

흑영대가 빠르게 도열하며 진천의 앞에 부복했다.

흑영대 역시 몰라볼 정도로 달라져 있었다.

개개인의 경지가 모두 일류 이상을 이루고 있었고 절정을 넘어선 자들도 존재했다. 고수의 풍모가 흐르는 모습을 보니 진천의 마음이 흡족해졌다.

"보고하라."

"예."

흑천이 진천의 앞으로 가서 무릎을 꿇었다.

"설화와 흑풍이 합작하여 제남의 상권을 장악하는 중입니다. 날이 풀릴 때즈음 제남은 실질적으로 주군의 손에 떨어질 것입니다. 주군께서 말씀하신 고수로 추정되는 시신들을 은밀히 수거하여 사혼굴에 안치해 놓았습니다."

흑천의 보고는 계속되었다.

흑천은 진천이 말한 모든 일을 완벽하게 소화했다.

그뿐만 아니라 흑영대의 성장까지 이끌어냈고 흑풍, 흑운의 사이에서 실질적인 대장 역할을 하며 그들을 이끌었다.

그의 수완은 대단해서 제남을 순식간에 잠식할 정도였다.

진무방이 그렇게 고전한 것을 떠올려 본다면 너무나 허무하게 느껴질 정도였다.

그리고 저번에 잡아온 마교의 살수에게서 뜯어낸 정보를 흑천이 체계적으로 정리했다.

또한 마교의 살수에게서 뜯어낸 무공을 연구하여 흑영대에게 전수한 것도 흑천이었다.

덕분에 흑영대는 정파의 무공, 사파의 무공뿐만 아니라 마교의 무공까지 섭렵하게 되었다. 역사상 유례없는 일이었다.

'마공이라… 흥미가 생기는군.'

흑천은 자신이 알고 있는 모든 심득과 그간 입수한 모든 무공을 정리한 비급을 진천에게 건네주었다.

진천은 크게 만족하며 흑천을 바라보았다.

"좋군. 수고했다."

"당연한 일을 했을 뿐이옵니다."

"아니, 네가 아니었다면 이렇게까지 성과를 내기 어려웠겠지."

진천이 칭찬을 해주자 흑천은 몸 둘 바를 몰라 했다. 그의 눈은 감격으로 인해 떨리고 있었다.

진천의 말 한마디가 그동안 누렸던 모든 것들보다 더 가치 있게 느껴졌다.

"나는 당분간 수련에 들어갈 것이다. 흑천, 네가 알아서 판단하고 움직이도록."

"존명!"

진천은 고개를 끄덕이며 흑천을 지나쳐 사혼굴 안으로 들어갔다.

사혼굴 안에서는 흑호가 어슬렁거리고 있었다.

흑호는 진천을 보자마자 거대한 덩치를 굴리며 애교를 부렸다.

계속해서 사기를 먹고 있는 모양인지 흑호의 덩치는 전보다 더 커져 있었다. 이제는 보통 영물이 아니라 하나의 신수를 보는 듯했다.

"잘 지낸 모양이군."

진천의 말에 그르렁거린 흑호는 한동안 진천에게 애교를 부리다가 자리를 비켜주었다.

진천이 수련에 들어갈 것임을 알아차린 것이다. 돌로 된 문이 사혼굴의 입구를 닫았다.

흑영대가 커다란 돌을 움직여 입구를 막은 것이다.

진천은 조용한 사혼굴의 내부를 바라보다가 깊숙이 들어갔다.

그곳에는 몇 구의 시신이 안치되어 있었다. 흑영대가 도굴해 온 고수의 시신이었다. 모두 정파의 고수로 이름을 날리던 자들이었다.

개중에는 아직도 추앙받고 있는 고수의 시신도 존재했다. 흑천이 은밀하게 일을 진행시켜 도굴해 올 수 있었던 것이다.

진천은 수라환단을 꺼내 시신의 가슴에 올려놓았다.

지금 진천이 하려는 수법은 잠시 동안 시신의 혼백을 불러와 지배하는 혼령술이었다.

거대한 자연의 흐름상 불가능한 일이었지만 진천의 사혼단이 그것을 가능하게 만들어주었다.

진천은 떠오르는 구결을 외우며 사기를 끌어 올렸다. 사혼단에서 뿜어져 나온 사기가 주변을 가득 메우기 시작했다.

주변을 떠돌던 사기는 더욱더 진해지다가 수라환단에 이끌려 시신들에게 빨려 들어가기 시작했다.

백골의 시신이 점차 검은색으로 변하더니 그 위에 사기가 씌워졌다.

진천은 혼백이 시신에 깃드는 것을 볼 수 있었다. 강제로 끌고 왔기에 반항을 했지만 사기를 당해낼 수는 없었다.

진천은 시신을 보며 천천히 입을 떼었다.

"일어나라."

시신들이 천천히 몸을 일으켰다.

진천의 명을 충실히 따르고 있었다. 진천은 알고 있는 모든 것을 내놓으라 명령했다.

그들은 전음으로 모든 무공의 구결을 전해주었다.

목소리라고 보기에는 너무나 섬뜩한 음색이었지만 진천에게는 그 어떤 음색보다도 아름답게 들렸다. 자신이 더욱 강해질 수 있는 발판이 되어줄 것이기 때문이다.

'산동검림의 대산검법, 청진파의 벽력권장, 그리고 진영자의 귀영신법.'

모두 상승 무공이었다.

청진파의 벽력권장 같은 경우에는 지금은 그 맥이 끊긴 무공이었다. 후계가 없는 진영자의 귀영신법 역시 마찬가지였다.

진천은 무공 이외에도 많은 지식을 빼낼 수 있었다. 그들이 은거하며 지닌 보물들을 숨겨놓은 장소나 기관진법에 관한 내용도 있었다. 한때 이름을 날렸던 고수의 모든 절기를 취할수 있었다.

'익힐 만하겠군. 수라역천신공에 녹여낸다면 더욱더 위력적인 초식을 만들어낼 수 있겠어.'

게다가 흑천이 건네준 비급이 있었다.

비무 대회까지는 아직 여유가 있었다. 모든 것을 다 익히고 자신의 것으로 녹여내기에는 충분한 시간일 것이다.

'최소한 흑천보다는 강해져야 한다.'

무신이라 불리는 무림맹주를 만날 확률이 높았다.

경지가 낮다면 자신에게서 이상한 점을 발견할 가능성도

있었다. 하지만 완벽한 반박귀진의 경지인 현경에 이른다면 그 럴 가능성은 없어질 것이다.

'조급해하지 말자.'

그저 익히면 될 뿐이다.

진천은 가부좌를 틀고 본격적으로 무공을 익히기 위한 준 비에 들어갔다. 감정을 가라앉히고 비급의 구결을 외우기 시 작한 것이다.

제6장
수라역천신공

진천은 시간의 흐름조차 잊은 채 수련에 몰두했다.

정파의 고수들의 심득은 진천에게 많은 깨달음을 주었다.

그들의 무공에 그들의 일대기가 모두 담겨 있었다. 그렇기 때문에 같은 무공을 익힐지라도 종래에는 갈라져 나오는 것이다.

진천의 수라역천신공은 아직 미완성된 무공이었다. 처음에는 어설프게 쌓아올린 무공이었지만 이제는 완전을 향해 나아가고 있었다.

산동검림의 대산검법은 큰 산을 누를 만한 기개를 보여주기로 유명했다.

올곧게 버티고 서 있다가 산사태처럼 순식간에 휘몰아치는 초식들이 일품이었다. 한 번 기세를 타기 시작하면 결코 멈출 수 없었다.

진천은 수라검법에 그 심득을 녹여냈다. 쉽지는 않았다. 수라검법에 심득을 녹이는 과정에서 수라검법은 오히려 진천을 공격했다. 피부가 베이고 피가 흘러내렸지만 진천은 멈추지 않았다.

바닥에 피 웅덩이가 생기고 나서야 대산검법의 기세를 수라검법에 담을 수 있었다.

'산을 흉내 내서는 안 된다. 그것으로는 부족해.'

그것만으로는 더 나아갈 수 없었다.

'산을 부수어야 한다.'

그것이야말로 진천이 원하는 역천이었다. 하나 아직까지는 검술로 그만한 경지를 펼치기에는 너무나 부족했다. 하지만 성과는 분명히 있었다. 수라검법은 점차 흉악한 위력을 발휘하는 검법이 되어가고 있었다.

검을 바닥에 찔러 넣은 진천은 정친파의 벽력권장을 익히기 시작했다. 마치 벽락이 치는 듯한 굉음과 함께 빠르게 몰아치는 권장이었다.

진천은 수라신권에 벽력권장의 쾌를 녹여내기 시작했다.

팔이 비틀리고 피부가 찢겨져 나갔지만 진천의 표정은 변하지 않았다.

수라역천신공의 근간을 둔 수라신권은 일반적인 흐름과는 다른 권법이었다. 그것에 올바른 흐름을 간직한 벽력권장을 섞어내자 부작용이 일어난 것이다.

'벼락을 압도하는 빛살, 그것이 필요해.'

오로지 상대를 박살 내는 것만을 원했다.

더 효과적으로 더욱 압도적으로 상대를 죽이는 권법을 원하고 있는 것이다.

진천은 무아지경 속에서 주먹을 휘둘렀다.

콰아앙!!

진천의 주먹에서 뻗어나간 권강이 동굴의 벽을 파괴했다. 그것은 단순한 파괴가 아니었다.

동굴의 벽은 움푹 파여 있었다. 잔해들은 모두 고운 가루가 되어 바닥에 떨어졌다.

모든 것을 분쇄해 버리는 파괴력은 그 어떤 권법보다 뛰어날 것이다.

진천은 움직이는 것을 절대 쉬지 않았다. 수라신법을 밟으며 계속해서 무공을 펼쳤다. 죽음을 겪으며 육체를 벗어나 맛보았던 경지가 다시금 선명하게 떠올랐다.

진영자의 귀영신법이 수라신법 안에 녹아들었다. 마치 귀신의 움직임과도 같은 은밀함과 신속함은 수라신법에는 없는 것이었다. 모든 것이 수라역천신공으로 귀결되었다. 사혼단과 혼기가 진천이 나아갈 방향을 알려주었다.

진천은 흑천의 본신 무공까지 섭렵해 갔다. 계속해서 무공을 펼치면 펼칠수록 모든 답은 하나로 귀결되었다.

상대를 얼마나 효과적으로 죽이는가, 한 번에 얼마나 많이 죽일 수 있는가, 얼마나 은밀하게 죽일 수 있는가, 어떻게 압도적으로 죽일 수 있는가.

어떤 진리로 나아가는 길은 모두 배제되었다.

진천의 수라역천신공은 오로지 상대를 죽이는 무공일 뿐이었다.

'그것이 무공의 진리가 아닐까?'

정파의 사람들은 무공을 익힘으로 자신을 완성하고 우화등선을 목표로 한다고 한다. 하지만 그 과정은 분명 피비린내가 진동했다.

무공은 사람을 죽일 수 있는 가장 좋은 무기였고 후에 신선이 된다는 그런 것은 모두 자기 위안에 불과했다.

결국엔 그것이 본질이었다. 부처의 가르침을 행하는 소림의 무공조차 사람을 쉽게 죽일 수 있는 위력적인 흉기였다. 피부와 근육이 찢어지고 뼈에 금이 갔지만 진천은 계속해서 움직였다.

처음에는 난잡하기 이를 데 없던 움직임이 형이 잡히기 시작했다. 수라역천신공의 흐름에 따라 그가 알고 있는 모든 것들이 하나로 귀결되기 시작했다.

모든 움직임이 뚜렷해졌고 순서가 생겼으며 완벽한 형태로서 자리 잡혔다.

수라역천신공이 팔성에 도달하는 순간이었다.

그가 익힌 무공이 체계적으로 적립되었고 형을 행하는데 막힘이 없었다. 하나 진천은 이것으로는 만족할 수 없었다.

수라역천신공이 가지고 있는 흐름의 역행은 체계적인 형태의 무공과는 어울리지 않았다. 그 흐름을 부수어야 했다. 그것이 진천이 지금의 경지를 지나 현경에 이르는 길이었다.

우뚝!

진천의 움직임이 드디어 멈추었다.

전신이 상처투성이였다. 뼈가 그대로 보이는 상처까지 존재했다. 하지만 진천은 전신을 달구는 고통을 느끼지 못했다.

그의 머릿속은 무아지경이었다.

진천은 그 자리에 주저앉아 가부좌를 틀었다.

그의 입과 코에서는 혈맥을 맹렬히 질주하고 있는 혼기가 뿜어져 나왔다. 드러난 상처에서는 사기가 뿜어져 나오며 주변을 검게 물들였다.

사혼단은 결코 그를 죽게 하지 않았다.

그의 육체를 억지로 유지시키며 그를 지탱해 주었다. 진천과 몸의 지배권을 놓고 싸우는 사이였지만 지금은 진천이 죽음에 이르지 않도록 도와주고 있었다.

진천이 죽는다면 모든 것이 사라지니 말이다.

사혼단 역시 진천의 육체에 깃들어 있지 않는다면 흩어져 버릴 것이다. 그것이 자연의 수순이었다.

오로지 진천의 영혼만이 그 흐름을 역행할 수 있었다. 그의 안에 각인된 사법이 그것을 가능하게 해주었다.

진천은 미동조차 하지 않으며 그렇게 무아지경 속에 있었다.

그는 완성했던 모든 것을 하나둘씩 잊어갔다. 수라역천신공이 만들어낸 역행 속에서 형과 순서를 잊었다. 그렇게 함으로써 안 보였던 것이 보였고 느낄 수 없던 것이 느껴졌다.

마치 자신의 그릇이 더욱 커져가는 것 같았다.

진천은 흘러가는 시간 속에서 홀로 시간을 잊은 채 수라역천신공을 운용했다. 막대한 양의 혼기가 진천을 집어삼킬 듯이 치솟았고 진천의 몸이 조금씩 떠올랐다.

'결코 흔들리지 않으며 모든 것을 내 뜻대로 할 것이다.'

설령 자신의 앞을 막아서는 것이 대자연이라 할지라도 부수고 나아갈 것이다.

진천의 수라역천신공이 그 뜻을 담아내기 시작했다.

진천의 피부가 벗겨지기 시작했다. 벗겨진 피부에서는 혼기가 뿜어져 나왔다.

근육이 뒤틀리고 뼈가 갈려 나갔다.

우드드득!

진천의 몸이 다시 새롭게 구성되기 시작한 것이다. 혼기로 사기를 아우르고 모든 흐름을 파괴할 그릇이 탄생하고 있었다.

환골탈태가 이루어지고 있는 것이다.

닫혀 있던 상단전이 열리며 혼기로 이루어진 다섯 개의 꽃이 떠올랐다. 그와 동시에 꽃들이 사라지며 혼기의 흐름을 방해하는 모든 혈맥들이 분쇄되었다.

혼기가 중심이 된 뼈와 근육이 새롭게 생겨나고 그 위에 새하얀 피부가 덮여졌다. 완벽에 가까운 육체가 탄생한 것이다.

그의 기도는 마치 거대한 산을 보는 것 같았지만 이제는 그것이 겉으로 뿜어져 나오지 않았다.

모든 기운을 갈무리할 수 있는 경지에 이른 것이다.

이것이 그가 나아갈 길의 진정한 시작이었다.

번쩍!

진천의 눈이 떠졌다. 주변에 퍼져 나가 있던 혼기가 그의 몸에 갈무리되기 시작했다.

진천은 온몸의 진기가 막힘없이 유통되고 있음을 깨달았다. 화경을 벗어나 현경의 초입으로 진입한 것이다.

너무나 빠른 성장 속도였다.

사법, 그리고 수라역천신공과 진천의 근골이 만나 폭발적인 성장을 만들어낸 것이다.

무서운 점은 그 기세가 아직도 죽지 않고 더욱 빨라지고 있다는 것이다.

진천은 사기를 뿜어보았다. 진천의 수라역천신공이 사혼단을 꽁꽁 묶고 있었기에 사혼단은 진천의 뜻을 따를 수밖에 없었다. 무공의 경지는 물론이고 사법 역시 그 경지가 더욱 높아졌다.

'수라귀 부대도 꿈은 아니겠군.'

일류를 가볍게 넘어선 수라귀로 이루어진 부대도 만들어낼 수 있을 것 같았다.

진천은 사혼굴을 바라보았다. 진천이 있는 밀실은 그 깊이가 더욱 깊어져 있었다.

그간 무공을 수행하며 휘몰아친 공력에 의해 크게 확장된 것이다.

'심득이라……'

진천의 심득이 벽에 새겨져 있었다.

무아지경에서 모든 기운을 방출하며 한 수행이었다. 벽에 새겨진 상처는 마치 예술 작품처럼 그 결이 일정했다.

마치 휘몰아치는 폭풍을 형상화한 듯한 모습이었다. 누군가 이곳에 들어와 이 결의 흐름을 읽으려 한다면 단번에 주화입마에 빠져 다시는 일어나지 못할 것이다.

벽에 사기가 깊게 배어 있어 사기를 지니지 않은 자들이 들어왔다가는 끔찍한 죽음을 맞이할 것이 분명했다.

결국 사혼굴은 진천과 그의 부하들 밖에 출입할 수 없었다. 잠시 우뚝 서 있던 진천은 천천히 걸음을 옮겼다.

사혼굴 입구는 여전히 막혀 있었지만 전혀 방해가 되지 않았다.

진천은 입구를 막고 있는 벽에 손을 얹었다. 아무런 기척도 없이 순식간에 혼기가 치솟았다.

쩌적!! 콰아앙!

진천의 권장이 뿜어져 나가며 벽을 박살 냈다.

수라신권의 묘리가 깃든 권장은 끔찍한 위력을 지니고 있었다.

무너진 벽으로부터 햇살이 비추었다. 진천이 밖으로 나오자 흑천이 진천의 앞에 부복했다.

흑천은 감히 진천을 바라볼 생각을 하지 못했다.

진천에게는 과거와 같은 고수의 기세는 존재하지 않았다. 하지만 주위를 장악하여 내리누르는 위압감이 느껴졌다.

그것은 진천이 벽을 허물고 새로운 경지에 이르렀다는 증거였다.

혹천이 사기의 도움을 받아 겨우 발을 내디딘 경지가 바로 그곳이었다.

"새로운 경지를 이루신 것을 감축드리옵니다."

"놀랍군. 새로운 세계에 온 기분이다."

"모든 감각이 확장되고 사물의 본질을 꿰뚫어 볼 수 있는 경지입니다. 주군께서는 자연의 흐름과는 다른 새로운 경지에 오르셨기에 더더욱 그 힘이 막강하실 것입니다."

"무신이라 불리는 무림맹주나 마교의 교주는 더 많은 것을 보고 있겠지."

이제 시작일 뿐이다.

그의 위에는 아직도 무수히 많은 거성이 존재했다. 지금의 경지는 그들과 겨루기 위한 기본 자격일지도 몰랐다.

혹천의 뒤에는 이제는 완전한 고수로 거듭난 혹영대가 도열해 있었다.

절정의 기도가 하늘을 찌를 듯했다.

사혼굴 근처는 제법 많은 건물이 들어서 있었고 사기로 짜 올린 진법이 설치되어 있었다. 사기를 지니지 않고서는 생문으로 빠져나갈 수 없도록 설계가 되어 있었다.

"진법이라……."

"제갈세가의 것들을 응용한 것입니다."

제갈세가를 관리하는 것은 혹천이었다.

제갈남진은 진천을 지존이라 부르고 있었고 흑천을 그의 대리자로 생각하여 극진히 모셨다. 자연스럽게 제갈세가의 모든 것들은 진천의 소유가 된 것이다.

"써먹을 곳이 있겠나?"

"예, 제갈세가는 황보세가에 밀리는 추세이기는 하나 아직 오대세가로서 그 권세를 누리고 있습니다. 써먹을 만한 패입니다."

"그렇군. 앞으로도 너에게 맡기도록 하지"

"존명!"

흑천은 진천의 말에 감동하며 고개를 숙였다.

곧 비무 대회가 열릴 것이다. 아직까지는 충분히 여유가 있었다. 생각보다 수행이 오래 걸렸지만 그래도 충분히 여유를 가지고 움직일 수 있었다.

흑영대를 대동하고 갈 수는 없었기에 호위 무사로 흑운만을 대동하기로 마음을 굳혔다.

'가는 길에 악천산에 대해서 알아보는 것도 괜찮겠지.'

사파연맹주의 모든 것이 있는 산이었다. 진천에게 막대한 도움이 될 것이 분명했다.

"내가 자리를 비우면 흑천, 네가 지휘해라."

"존명!"

흑천이라면 믿고 맡길 수 있었다. 그는 진천의 대리자로서 목숨을 다해 명을 수행할 것이다.

　다른 이들의 불만 역시 없었다. 모두 흑천을 인정하고 있었다. 흑천은 진천의 부족한 부분을 채워줄 수 있는 큰 기둥이었다.

　"주군."

　"왜 그러지?"

　"목욕물을 준비하겠습니다. 그리고 새 옷도 필요하시겠군요."

　진천은 자신의 몸을 내려다보았다. 환골탈태를 거치며 나온 노폐물들이 피부 여기저기에 붙어 있었다. 역한 냄새는 나지 않았지만 그리 보기 좋지는 않았다.

　"이곳에 씻을 만한 곳이 있던가?"

　사혼굴 앞에 흑영대가 머물 수 있는 목조 시설들이 들어서기는 했지만 목욕물을 준비할 만한 곳은 없었다. 흑영대들도 계곡에 얼음을 깨고 들어가 씻을 뿐이었다.

　"안내해드리겠습니다. 이쪽으로 오시지요."

　진천은 흑천을 따라갔다. 흑천은 사혼굴 너머로 진천을 안내했다. 울창했던 숲은 사라져 있었고 잘 조성되어 있는 평지가 보였다.

　"어떠십니까?"

　"괜찮군."

대지존전(大至尊殿).

그렇게 쓰여 있는 목조 건물이 들어서 있었다. 장인의 솜씨가 담겨 있는 건물이었다. 이것을 만든 자들은 제갈세가에서 특별히 공수해 온 장인들이었다.

제갈남진이 위대한 주군을 위해 선별한 장인 중의 장인이었다. 그는 문 앞에 서 있었는데 진천을 보자마자 공손히 인사했다. 하녀들도 보였다. 청월루의 기녀들이었다. 청월루에서 기녀들이 교대로 와 건물의 청소나 관리를 맡고 있었다.

"비용은 제갈세가에서 부담했습니다."

진천은 고개를 끄덕였다. 이곳을 중심으로 진천의 세력이 기거할 수 있는 곳을 마련하는 것도 좋을 것 같았다.

진천의 세력은 앞으로도 더 늘어날 것이었다. 자금은 충분하다 못해 넘치도록 있으니 부담은 존재하지 않았다.

"흑영대가 머물 곳도 지었으면 좋겠군."

"예, 그리 하겠습니다."

진천은 대지존전에 들어섰다.

내부는 아늑했다. 대지존전이라는 이름과 어울리지 않게 간소했다.

진천은 그것이 마음에 들었다. 과거에 백문세가의 집안을 보는 것 같았다. 절로 마음이 편안해지는 곳이었다.

단문세가가 그의 집이었지만 진정한 집은 아니었다. 집이라 부를 수 있는 곳이 생기자 입가에 미소가 떠올랐다.

이곳이라면 아무런 걱정 없이 쉴 수 있을 것이다.

단문세가에서는 단진천을 연기해야 했기에 긴장을 풀 수 없었다.

익숙한 여인이 진천의 앞에 나타나 정중히 고개를 숙였다. 청월루를 관리하고 있는 설화였다.

"그간 강녕하셨습니까?"

"설화로군."

"예, 주군."

설화는 부드러운 미소를 지었다. 저번에 보았을 때보다 훨씬 더 성숙해져 있었다. 사람을 다스리는 분위기가 풍겼다.

자리가 사람을 만든다고는 하지만 그녀는 굉장히 성장해 있었다. 청월루를 그녀에게 맡긴 것이 잘한 일이라는 생각이 들었다.

"안으로 드시지요."

목욕물은 이미 준비되어 있었다. 산에 흐르는 약수였다.

설화는 마음 같아서는 시중을 직접 들고 싶었지만 진천의 성향을 잘 알고 있는 그녀는 새 옷을 내려놓고 물러갔다.

진천은 오랜만에 따듯한 물에 몸을 담그며 두 눈을 감았다.

여태까지 겪은 일들이 환영처럼 스쳐 지나갔다.

화경을 넘어서 현경의 문턱을 밟자 그 기억들은 더욱 또렷하게 느껴졌다.

그 기억들을 절대 잊지 않을 것이다.

진천은 깊은 숨을 내쉬었다. 이제 원수의 얼굴을 확인하기 위해 무림맹으로 가야 했다.

망설일 이유는 없었다.

*   *   *

단문세가로 돌아온 진천은 무림맹으로 떠날 채비를 했다. 요란하게 떠나는 것은 좋지 않았다.

비무 대회까지 아직 충분히 여유가 있는 만큼 악천산에 들를 생각이었다.

악천산이라 불리는 산은 안휘성에 있었고 무림맹은 섬서성에 위치해 있으니 빠르게 경유해서 간다면 늦지 않을 것 같았다.

진천은 조용히 채비를 마쳤다.

당가연과 소미만이 진천이 동이 트기 전에 떠나는 것을 알고 있었다.

진천은 악천산으로 가야 했기에 눈에 띄지 않는 도복을 입고 죽립을 썼다.

단문세가를 지켜보는 많은 눈이 있었지만 진천의 떠났음을 알게 되는 것은 한참 후일 것이다.

진천은 경공을 이용해 빠르게 단문세가에서 벗어났다.

단문세가를 벗어나고 얼마 지나지 않아 진천은 역용술을 펼쳤다. 사법이 더욱 완벽해져서 순식간에 진천의 얼굴과 몸이 변하였다. 그것은 흑운 역시 마찬가지였다.

미공자의 외모는 사라지고 투박한 사내다운 얼굴이 모습을 드러냈다. 눈매가 날카로워 냉정한 분위기가 풍겼다. 흑운 역시 더욱 험악한 인상이 되었다.

"그럭저럭 괜찮군. 현경의 고수라도 알아볼 수 없을 것이다."

"예, 제법 신기한 수법인 것 같습니다. 인피면구 따위와는 비교도 되지 않는군요."

진천은 사법의 경지가 높아져 그 누구도 간파할 수 없었다.

흑운은 진천보다는 완성도에서 떨어지기는 했지만 진천이 보더라도 별다른 위화감은 들지 않았다. 어디에나 있을 법한 험악한 얼굴이어서 더욱 그러한 감이 있었다.

"사기가 없다면 익힐 수 없는 수법이지. 흑영대에게는 전수가 끝났나?"

"예, 아직 미숙하나 시간이 지난다면 익숙하게 사용할 수 있을 것입니다. 몸과 얼굴을 자유자재로 바꿀 수 있는 살수단은 흑영대가 최초일 것입니다."

"좋군."

목소리 역시 달라져 있었다. 낮은 중저음에 목소리였다. 극강한 고수조차 알아볼 수 없을 정도니 흑영대가 세상에 나오게 된다면 모두가 두려움에 떨 것이다.

"안휘성이라……."

안휘성까지는 제법 먼 길이었다. 악천산에 있다는 것밖에 모르니 지금 부지런히 움직여야 했다.

제7장
악천산

안휘성으로 가는 길은 평화로웠다. 모습을 완전히 바꾸었기에 참견해 오는 사람들도 없었다.

진천과 흑운의 이동 속도는 굉장히 빨랐다.

진천의 경공은 경공으로 이름을 날렸던 진영자의 모든 것이 포함되어 있을 뿐만 아니라 수라역천신공에 의해 변형되어 마치 귀신이 움직이는 것처럼 보였다.

흑운 역시 절정의 경지를 벗어나 화경에 이르고 있었다.

진천의 수하들은 서로에게 숨기는 것이 없고 모든 것을 공유했다. 흑운 역시 모든 무공을 전수받아 그 경지가 지속적으로 높아지고 있었다.

흑운은 내부를 관조할 줄 알았기에 사기의 운용에 더욱 능숙해져 있었다. 기운을 숨길 줄 알았기에 그가 사기를 내뿜지 않는 이상 그저 사파 계열의 고수 정도로 보일 뿐이었다.

흑천은 반박귀진의 경지에 올라 무공을 익힌 흔적이 보이지 않았다.

그것은 진천 역시 마찬가지였다.

진천은 산동성에서 벗어나 안휘성에 진입했다. 악천산은 소현(蕭縣)에 위치해 있었다.

본래 명칭은 진종산(眞宗山)이었지만 사파연맹이 득세할 당시에는 악천산으로 불리고 있었다.

진천은 과거 소현에 온 적이 있었다. 강소성과 하남성을 연결하는 중간에 있었기에 강소성에서 하남성으로 향하는 상단들은 소현을 경유해서 가곤 했다.

때문에 소현 주변은 그럭저럭 잘 사는 편이었다.

진천은 해가 어둑해질 때쯤 소현 주변에 있는 마을에 도착할 수 있었다.

오가는 사람이 많던 과거의 모습과는 달리 한적했다. 상단이 보이기는 했지만 예전에 비한다면 굉장히 적은 숫자였다.

"객잔을 찾아보겠습니다."

"아니, 내가 알고 있다. 직접 담근 술로 유명한 곳이지."

"그렇습니까? 사기를 얻고 나서 술에 취하지 못하는 것이 아쉽군요."

"그것도 그렇겠군."

사기로 인해 만독불침을 이룰 수 있었지만 술에 취하지 않았다.

진천은 수라역천신공을 이용한다면 취기를 느낄 수 있었지만 그것뿐이었다. 그가 거하게 취하는 일은 없을 것이다.

진천은 객잔으로 향했다. 낡은 객잔이었는데 이곳에서 제일 유명한 객잔이었다.

객잔 안으로 들어가자 한적한 내부를 볼 수 있었다. 상인들이 있기는 하지만 표정은 어두웠다. 활발했던 과거의 풍경과는 확실히 달랐다.

"아이구! 자리에 앉으시지요."

점소이가 달려 나와 진천을 안내했다. 방을 잡은 진천은 술한 병과 간단한 음식을 시켰다.

흑운이 술잔에 술을 따라줄 때였다. 덩치가 큰 사내들이 객잔 문을 박차고 안으로 들어왔다.

상인들은 그들의 모습이 보이자 눈치를 보며 자리를 피했다. 호위 무사를 대동한 상인들마저 슬금슬금 이곳을 빠져나갔다.

영웅 건을 멋들어지게 두르고 있었지만 가죽을 걸치고 있어 무인보다는 산적으로 보였다.

"이리 오너라!"

그들 중 하나가 크게 소리쳤다. 점소이가 식은땀을 흘리며 그의 앞에 다가갔다.

"나, 나으리. 찾으셨습니까요."

"금노는 어디 있느냐! 당장 나오라 해라!"

사내가 그렇게 소리치자 금대인이라 불리는 노인이 나타났다.

노인은 사내의 앞에서 당당히 허리를 펴며 그를 응시했다.

"무슨 일이오?"

"내 직접 말하지 않았소? 자리 값을 내라고."

"무슨 말하는지 모르겠군. 이곳이 자네의 땅이라도 된다는 말인가?"

"우리의 비호를 받고 있으니 그 정도 성의는 보여야 하지 않겠소?"

"허허, 비호라. 비호라 했는가?"

노인은 기가 차다는 듯 사내를 고개를 절레 저었다.

"산적들에게 줄 돈은 없다!"

"허어, 산적이라니. 우리는 무림맹의 인가를 받은 정파이오."

"정파가 상단들을 약탈하나!"

"흐음, 우리가 약탈했다는 증거가 있소? 오히려 우리는 산적들로부터 사람들을 보호하기 위해 마을을 돌아다니는 중이오만. 관군조차 하지 못하는 일을 하는 것이 바로 진중호걸들이오! 마땅히 그에 대한 값을 치러야 하지 않겠소? 돈을 지불할수 없다면 딴 걸 줘도 되오. 그쪽 손녀가 그리 미색이 뛰어나다던데."

"저 앞 객잔에서는 점소이를 두들겨 패 반죽음으로 만들었다지? 어디 나에게도 그리 해보거라! 하늘이 무섭지도 않느냐!"

"이 노인네가!"

사내가 거대한 주먹을 들어 노인의 얼굴을 후려쳤다. 노인이 뒤로 튕겨 나가며 나무 의자에 부딪혔다.

노인의 머리에서 흐르는 피가 바닥을 적셨다.

"할아버지!"

어린 소녀가 노인에게 달려왔다. 옷자락을 찢어 머리에서 흐르는 피를 막자 사내와 덩치들이 휘파람을 불어댔다.

사내가 손짓하자 덩치들이 객잔의 가구들을 부수기 시작했다.

소녀가 비명을 질렀지만 아랑곳하지 않고 주변을 박살 내고 있는 것이다.

진천과 흑운은 난장판이 되어가는 객잔 속에서 술잔을 기울이고 있을 뿐이었다.

"오랜만에 보는 풍경이군요."

"그렇군. 제남에서는 볼 수 없는 광경이지."

"제남이야 영웅 중의 영웅, 단천신검께서 계시니 당연한 것이겠지요."

의자가 날아가고 식기들이 깨지는 와중에 흑운이 웃으면서 그렇게 말했다.

"뭐야, 이놈들은."

"겁대가리를 상실했나."

덩치들이 진천과 흑운에게 다가오며 그렇게 말했다. 진천은 젓가락을 놀리며 음식을 집을 뿐이었다.

"남방 음식인가? 괜찮군."

"그런 것 같습니다."

진천과 흑운은 덩치들을 신경조차 쓰지 않았다.

노골적인 무시에 얼굴이 붉어진 덩치가 주먹으로 탁자를 내려쳤다. 하지만 탁자는 부서지지 않았다.

"끄아아악!"

탁자로 내려쳐진 손이 깔끔하게 잘려 나가며 바닥에 떨어졌다.

흑운이 순식간에 검을 뽑아 덩치의 팔을 가른 것이다. 탁자와 검에는 핏방울 하나 묻어 있지 않았다.

덩치들은 흠칫 놀라며 뒤로 주춤거렸다. 그들을 이끄는 사내 역시 얼굴을 굳혔다.

방금 그 한 수를 보고 흑운이 굉장한 고수임을 알아차린 것이다.

장내에는 침묵이 감돌았다.

가구와 식기들이 부서지며 치솟은 먼지만이 가득할 뿐이었다. 그 반면 진천의 주변은 덩치의 팔에서 흐른 피를 제외하고는 깔끔했다.

진천이 그들에게 시선을 옮기자 흑운이 자리에서 일어났다.

흑운이 검을 다잡으며 한걸음 내디뎠다.

"우, 우리가 누군지 알고 이러시는 거요? 진중파이오! 우리를 건드리는 것은 백도 무림을 적대시하는 것과 같소!"

"그런 말을 하는 자들이 많았지."

진천은 백도 무림이라는 배경에 숨어서 이득을 챙기는 자들을 많이 보아왔다.

그들이 솔직하게 사과하고 물러났다면 진천은 손을 쓸 생각은 없었다. 하지만 오히려 자신의 배경과 소속을 밝히며 압박하려했다.

"진중파라… 진중산에 자리 잡고 있나?"

"그, 그렇소! 나, 남궁세가와도 인연이 있지."

남궁세가라는 말이 들려오자 진천의 눈썹이 꿈틀거렸다.

남궁세가.

결코 잊을 수 없는 이름이었다. 희연이를 죽인 놈이 소가주로 있는 곳이었다.

진천은 그놈과 관련된 모두를 죽이기로 맹세했다.

"남궁세가라 했나?"

"그렇소!"

진천이 남궁세가를 언급하자 사내의 굳은 표정이 점차 풀어졌다.

백도 무림, 남궁세가라는 말이 먹힌 것 같아서였다.

"사과를 한다면 그냥 넘어갈 수 있소. 나도 같은 무림인을 핍박하고 싶지 않소이다! 사해는 동도라 하지 않았소?"

진천이 손을 들자 흑운이 검을 거두었다. 그러자 사내와 덩치들의 표정이 완전 풀렸다.

진천이 자리에서 일어났다. 흑운은 그런 진천의 뒤에 섰다.

"주군, 저를 쓰시지요."

"아니, 남궁세가와 관련된 것들은 내가 직접 나설 것이다."

진천의 그런 말에 그들은 고개를 갸우뚱했다.

진천에게서는 무공을 익힌 흔적이 보이지 않았기 때문이다. 단지 고수를 거느리고 있는 높은 신분이라 생각했던 것이다.

흑운이 바닥에 무릎을 꿇으며 두 손으로 검을 올렸다.

진천이 손을 뻗자 검이 한차례 진동하더니 진천의 손으로 빨려 들어왔다.

"허, 허공섭물!"

"고, 고수다!"

사내는 눈알을 굴리다가 시선이 열려 있는 문에 닿았다. 무언가 결심한 듯 부하들에게 소리치기 시작했다.

"수, 숫자는 우리가 많다! 쳐라!"

하지만 덩치들은 겁에 질려 움직이지조차 못했다.

진천의 검이 앞으로 뻗어졌다. 가볍게 앞으로 내지른 것일 뿐인데 뿜어져 나간 검풍이 정면에 있는 덩치들을 날려 버렸다.

덩치들이 벽에 부딪히며 바닥에 떨어졌다.

진천의 검에서 맑은 검명이 흘러나왔다. 주변에 있던 덩치들이 귀를 부여잡으며 쓰러졌다. 그들의 귀에서는 피가 흘러나오고 있었다.

진천의 검에는 자비가 없었다.

몇 번 휘두르지 않았음에도 덩치들이 사방으로 튕겨 나가며 바닥을 굴렀다.

덩치들은 일류 고수는 아니었지만 그래도 무공을 제법 익힌 자들이었다.

그런 자들이 반응조차 하지 못하고 추풍낙엽처럼 쓰러지고 있는 것이다.

진천이 정면을 향해 가볍게 검을 휘둘렀다. 그러고는 검 끝을 내리자 주변에 있던 덩치들이 목을 부여잡으며 쓰러졌다. 목에 난 작은 상처에서는 피조차 흘러나오지 않았다.

"으, 으아아!"

사내는 그 광경을 보다가 문 쪽으로 몸을 날렸다. 부하들이 시간을 끄는 틈에 빠져나가려 한 것이다. 하지만 그 시도는 무산되었다. 문 앞에 어느새 흑운이 서 있었기 때문이다.

퍼억!

흑운이 가볍게 손을 뻗자 사내의 턱이 돌아가며 옆으로 튕겨 나갔다. 흑운에게 얻어맞은 사내는 눈치를 보다가 소녀와 눈이 마주쳤다.

그는 허리춤에서 단검을 빼 들고 소녀에게 달려들었다.

"우, 움직이지 마! 움직이면……."

"움직이면?"

"이년의 목숨은 장담하지 못한다!"

"무언가 착각하고 있군."

진천은 검을 들었다. 살기가 뿜어져 나왔다.

사내는 그 순간 자신이 최악의 실수를 저질렀음을 인정해야 했다. 눈앞에 저 고수는 결코 정파의 인물이 아니었다. 소녀의 목숨 따위는 어떻게 되든 상관없던 것이다.

바닥에 쓰러져 미동도 하지 않는 부하들이 그의 시야에 들어왔다. 팔이 잘린 부하를 제외하고는 모두 피를 흘리지 않고 있었다.

"사, 살려주십시오! 나으리! 제발 제 손녀를! 원하시는 건 모두 다 드리겠습니다. 이 객잔을 넘기라면 넘겨드리겠습니다. 그러니 제발……."

노인이 기어 와 진천의 바짓가랑이를 잡았다.

진천은 노인의 얼굴을 자세히 바라보았다.

진천은 노인의 얼굴을 알고 있었다. 진천이 힘겹게 장사를 하고 있을 때 수고한다면서 물 한 잔을 건넸던 자였다.

그때는 자신과 같은 장사꾼이라 생각했었다. 이 객잔은 젊은 사내가 운영하고 있었기 때문이다.

'오래 살고 볼 일이군.'

진천은 그렇게 생각하며 검을 들었다. 진천의 검이 순식간에 휘둘러졌다. 마치 빛살을 보는 것같이 무언가 번쩍였다. 사내는 순간적으로 감았던 눈을 떠보았다. 무언가 떨어지는 소리에 바닥을 내려다보았다.

"으아아악! 내 팔이……!"

소녀의 목에 칼을 겨누었던 팔이 바닥에 떨어져 있었다. 어깻죽지부터 잘려 나간 것이다.

진천이 흑운에게 시선을 주자 흑운은 사내에게 다가가 점혈을 했다. 아직 저자는 죽어서는 안 되었다. 그가 소속되어

있는 문파가 진중산에 기거하고 있으니 진중산에 대해 잘 알
것이다.

"할아버지!"

소녀가 노인에게 안겼다.

노인은 소녀를 품에 안으며 눈시울을 붉혔다.

*   *   *

진천은 사내를 방으로 옮기고 그를 심문했다.

사법을 이용하여 혼백을 제압해 알고 있는 모든 것을 토해
내게 했다.

살려둘 생각이 없었기에 그는 모든 정보를 말하고는 그대
로 절명했다.

흑운이 객잔 안에 있는 시체들을 수습했다.

노인은 진천을 은공이라 부르면서 객잔의 문을 걸어 잠갔
다. 보복이 있을 것을 알고 있었지만 피하지 않았다. 다만 손
녀에게 친척 집으로 피해 있으라는 말을 했을 뿐이었다.

"은공, 괜찮으시겠습니까? 그, 그들은 이 일대를 꽉 잡고 있
는 자들입니다."

노인이 조심스럽게 그렇게 물었다. 진천은 고개를 끄덕일
뿐이었다.

겁에 질려 있는 점소이가 노인을 부축하고 있었다. 노인이 점소이에게 돌아가라고 했지만 점소이는 돌아가지 않고 노인을 돕고 있었다.

진중파는 대단히 치졸한 자들이었다.

진중산은 악천산이라 불리며 사파연맹이 있던 자리였다.

사파연맹이 사라지고 나자 주변에 숨을 죽이고 있던 자들이 뭉쳐 만든 것이 바로 진중파였다.

그들은 오가는 상단을 털며 산적질을 했다. 산적들을 부리며 주변 촌락까지 약탈했다. 끌어모은 돈으로 관군에게 뇌물을 주었고 대형 상단이 지나갈 때면 본색을 드러내지 않고 호위까지 해주었다.

다들 알고 있지만 모른 척할 뿐이었다.

최근에 무림맹에 막대한 돈을 주고 정파로 인정받은 후에 그들을 건드릴 자들은 없었다.

관군조차 쉬쉬하고 있는 데다 그들의 뒤에는 무림맹이 있으니 천하에 무서울 것이 없던 것이다.

'진중파라……'

항간의 소문에 의하면 진중파의 문주, 진중산이라는 자가 악천산에서 무언가를 찾고 있다고 했다.

그가 찾고 있는 것은 분명 사파연맹주가 남긴 유산일 것이다.

근방에 자리 잡고 있는 문파가 있을 거라는 것은 예측했지만 설마 악천산에서 유산을 찾고 있을 줄은 몰랐다. 공교롭게 되었다.

'그것에 대해 아는 자가 있나 보군.'

사파연맹과 관련이 있는 사람일 수도 있었다.

죽은 자는 말이 없었다.

사법에 대해 알 것이라고는 생각하지 않았지만 그래도 만일의 사태에 대비해 모두 입막음시키는 것이 나을 것 같았다. 먼지만 한 결점이 후에 크게 불어나 계획을 망칠 수도 있었기 때문이다.

침묵만이 가득한 분위기에서 시간이 흘렀다.

밤이 깊어가고 있었다.

흑운은 진중파의 움직임을 알아보기 위해 밖으로 나가 있었다. 이 넓은 객잔에는 노인과 점소이, 그리고 진천뿐이었다.

듬성듬성 세워져 있는 등불만이 텅 빈 객잔을 밝힐 뿐이었다.

노인은 진천에게 객잔에서 제일 좋은 방을 내주었다. 그리고 직접 음식을 만들어 내왔다.

노인은 객잔을 떠날 생각이 없었다.

"긴 밤이 될 것 같습니다."

노인은 무언가 직감했는지 진천에게 그렇게 말했다.

노인은 분위기를 읽을 줄 알았다. 객잔 밖은 인기척이라고는 존재하지 않았다. 스산한 기운마저 감돌고 있었다. 이런 날은 꼭 피가 흐르게 마련이었다.

"오늘 밤은 피해 있는 것이 좋을 것이오."

"사파연맹이 그리된 후 제 아들은 이 객잔을 지키려다 죽었습니다. 죽을 장소를 고르라면 이곳이겠지요."

노인은 진천에 말에 그렇게 말하며 물러갔다.

진천은 넓은 방의 의자에 앉아서 눈을 감고 있었다. 달빛이 열려 있는 창문으로 스며들어 왔다.

진천 앞에 있는 촛불이 꺼졌다. 그 순간 진천이 눈을 떴다.

"주군, 악천산에서 접근해 오는 자들을 발견했습니다. 진중파 놈들인 것 같습니다."

"생각보다 대응이 빠르군."

"마을 사람들 중에 진중파에서 심어 놓은 사람이 있는 모양입니다."

마냥 오합지졸로 이루어진 놈들은 아닌 것 같았다. 어차피 진중파에게 용무가 있었다. 그들의 본거지로 찾아가기 전에 숫자를 줄여놓는 것도 좋을 것 같았다.

진천의 기감에 객잔으로 다가오는 무리들이 느껴졌다.

진천은 자리에서 일어나 객잔의 문을 열고 밖으로 나갔다.

주변은 무척이나 어두웠다. 달빛이 있지 않았다면 아무것도 안 보였을 것이다.

객잔 앞에 나 있는 넓은 길의 끝에서 다가오는 자들이 보였다.

진중파의 무인들이었다. 모두 같은 무복을 입고 있었고 제법 그럴듯한 기세를 뿜어내고 있었다.

"꽤나 많이 몰려왔군요."

진천의 옆에 나타난 흑운이 그렇게 말했다. 무슨 소리를 들었는지는 모르지만 상당히 많은 무인이 몰려왔다.

그들은 진천의 모습을 확인하자 멈춰 섰다.

"어느 고인이신지는 모르겠사오나 진중파의 문도들을 죽인 죗값은 치러야 할 것이오!"

가장 앞에 있는 자가 말했다.

진천은 그의 말을 무시하며 흑운을 바라보았다.

"그들을 잘 묻어 주었나?"

"한곳에 모아놓고 독으로 녹였습니다. 땅에 스며들었으니 잘 묻은 것과 다름없습니다."

"좋군."

진천과 흑운이 그렇게 말하자 그들의 표정이 일그러졌다.

"어느 문파 소속이냐! 감히 백도 무림의 영웅호걸들을 건드리고도 살아남을 것 같으냐! 이 참산거부(斬山巨斧)가 용서하지 않을 것이다!"

남자는 참산거부라는 별호를 지니고 있는 모양이었다.

참산거부는 커다란 도끼를 들어 올려 진천에게 겨누었다. 그러자 뒤에 있던 진중파의 문도들이 무기를 빼 들었다.

참산거부는 씨익 웃으며 한 손을 들며 그들을 제지했다.

"너희는 나서지 말거라. 내 친히 저놈들을 박살 내주지!"

참산거부는 무공에 자신 있어 했다. 그는 보기와는 다르게 절정을 넘긴 무인이었다.

"흑운, 도망가는 놈들을 추살하라."

"존명!"

진천이 조용히 그렇게 말하자 흑운이 어둠 속으로 사라졌다.

참산거부는 갑자기 사라진 흑운을 보며 눈을 깜빡이다가 호탕하게 웃었다.

진천과 흑운의 대화를 듣지 못한 모양이다.

"겁을 먹어 내뺀 모양이군! 그러게 부하를 잘 두었어야지!"

참산거부는 그렇게 말하며 내력을 끌어 올렸다. 절정을 넘어선 기세가 날카롭게 진천을 향해 뻗어왔다.

진천은 참산거부에게 시선을 두지 않고 뒷짐을 지고 있을 뿐이었다.

"건방진!!"

참산거부가 보법을 밟으며 진천에게 달려들었다. 거대한 체구치고는 상당히 날렵한 움직임이었다.

참산거부의 도끼가 진천의 머리를 노리며 찍어내려 왔다.

휘이이익!

참산거부는 여지없이 진천의 머리를 갈라 버렸다고 생각했지만 느껴지는 손맛은 없었다.

그가 가른 것은 진천의 잔상이었다. 진천의 모습이 보이지 않았다.

"제법이군."

갑작스레 뒤에서 들려오는 목소리에 참산거부가 흠칫 놀라며 빠르게 물러났다.

진천은 여전히 뒷짐을 진 상태로 서 있었다.

참산거부는 크게 당황한 눈치였다. 진천이 움직이는 것조차 감지하지 못한 까닭이다.

식은땀이 주르륵 볼을 타고 흘렀다. 진천은 아까와 같은 기세가 사라진 그를 보며 피식 웃었다.

"내가 무섭나?"

"우, 우, 웃기지 마라! 흐아아압!"

참산거부는 전신 내력을 일으키며 돌격해 왔다. 본래 화전민 출신인 그는 이 무공 하나로 지금의 위치까지 올라온 것이다. 상대를 박살 낼 수 있을 거라는 절대적인 믿음이 서려 있었다.

도끼가 지척에 이르렀음에도 진천은 그대로 있었다.

참산거부는 회심의 미소를 지었다. 그 어떤 고수라도 방심을 하게 되면 허를 찔려 당하게 마련이다.

진천이 둘로 쪼개지는 육체를 상상하던 순간이었다.

터엉!

그의 도끼는 더 이상 나아가지 못했다. 가볍게 든 진천의 손이 그의 도끼를 잡았기 때문이다. 참산거부는 도끼를 빼려고 했지만 꿈쩍도 하지 않았다.

"이, 이럴 리가…! 헉! 호, 호신강기?!"

진천의 손에서는 강기가 뿜어져 나오고 있었다. 진천이 힘을 주자 도끼가 박살 나며 사방으로 비산했다.

참산거부의 얼굴이 경악으로 물들었다. 주춤거리며 물러나는 참산거부를 바라보던 진천은 한 손의 소매를 걷었다.

진천이 시선을 돌려 참산거부를 바라보았다. 진천의 주먹이 쥐어졌다. 그의 신형이 흐릿해지는가 싶더니 참산거부의 지척에 나타났다.

참산거부는 진천의 움직임을 볼 수조차 없었다. 그야말로 귀신같은 움직임이었다.

터어엉!

진천의 주먹이 참산거부의 가슴을 때렸다. 가슴이 움푹 파이며 그의 거대한 몸이 뒤로 크게 튕겨 나갔다.

그의 부하들 사이에 떨어진 그는 몸을 부르르 떨다가 축 처졌다. 그의 몸에 있는 모든 구멍에서 검은 피가 솟구쳐 나오고 있었다.

단 한 수에 참산거부의 모든 혈맥이 끊어지고 단전이 파괴되며 절명한 것이다.

침묵이 내려앉았다.

진천이 움직이기 시작했다. 수라신법을 밟으며 진중파의 문도들을 향해 순식간에 다가갔다.

권강이 서린 진천의 주먹이 뻗어갔다. 수라권법이 펼쳐진 것이다. 하늘을 울릴 듯한 폭음이 터져 나오며 셋이 튕겨 나갔다.

그들은 방어 초식을 전개하려 했지만 진천의 주먹은 너무나 빨랐다.

"컥!"

"커헉!"

사방으로 진중파의 문도들이 튕겨 나가며 바닥에 쓰러졌다. 그들 역시 신체의 모든 구멍에서 피를 줄줄 흘리며 절명했다.

진천의 혼기가 그들의 선천지기를 단번에 분쇄시켜 버린 것이다. 가공할 만한 파괴력이었다. 파괴력 부분에서는 일절이라 불리는 벽력권장을 뛰어넘고 있었다.

진천의 주먹이 다시 뻗어졌다. 주먹이 그들에게 닿지 않았지만 뻗어짐과 동시에 그들은 피를 토하며 바닥을 크게 굴렀다. 허공을 격해 때린 것이다.

진중파의 문도들은 두려움에 벌벌 떨고 있었다. 도저히 상대할 수 없는 극강의 고수였다. 이런 고수가 어디서 튀어나왔는지 하늘이 원망스러울 지경이었다.

순식간에 무언가 터져 나가더니 절반 이상이 죽어버렸다.

자신도 곧 그리될 거라는 생각에 덜덜 떨던 그들은 눈치를 보다가 경공을 시전하여 도망치기 시작했다.

무기까지 버려가며 도망가고 있는 것이다.

진천은 그들을 바라보다가 자세를 잡았다. 혼기를 끌어 올리자 진천의 안광이 번쩍했다.

진천의 주먹이 천천히 뻗어갔다.

콰아아아앙!

벼락이 울리는 소리와 함께 도망가던 문도들의 몸이 터져 나갔다. 백보 밖에서도 상대를 타격할 수 있다는 백보신권의 진수가 담겨 있었다.

서걱!

"커헉!"

대기하고 있던 흑운이 도망치는 자들에게 따라붙어 그들의 목을 베었다.

흑영대의 모든 것을 익히고 있는 흑운은 특급 살수라고 불러도 무방했다.

살수의 무공뿐만 아니라 정파, 그리고 사파의 검법까지 능통하게 다룰 수 있었다.

사기로 인해 재구성된 몸과 수라환단, 그리고 흑운의 피나는 노력이 합쳐진 결과였다.

어둠 속에서 솟아난 흑운은 도망치는 그들을 가차 없이 베었다.

살려달라고 비는 자들도 있었지만 흑운의 손속은 거침이 없었다.

진천은 자신의 무공을 목격한 자를 살려둘 생각이 없었다.

그들 중 단 하나만 제외하고 모두 죽어 바닥에 쓰러져 있었다.

흑운은 오줌까지 지리며 벌벌 떨고 있는 자를 진천의 앞에 데리고 왔다.

"기개가 없군."

"사, 살려주십시오! 대협! 제, 제발!"

"진중파의 문주가 악천산에서 무언가를 찾고 있다고 들었다."

진천이 그렇게 운을 떼자 진중파의 문도는 필사적으로 눈알을 굴렸다. 흑운이 검을 겨누자 빠르게 입을 떼었다.

"그, 무, 문주님이 어, 얼마 전에 들인 여인 때문입니다. 무,

문주님이 그 여인에게 홀려……."

"여인?"

"그, 그렇습니다!"

"홍미롭군. 진중파의 문주를 홀렸다라……."

홀렸다라고 표현하는 것을 보면 문도들 사이에서도 좋지 않
게 비춰진 모양이었다.

참산거부의 경지로 보건데 진중파의 문주는 고수 반열에
든 자가 분명했다. 그런 자를 홀릴 정도면 특별한 무언가가 있
다는 말이었다.

'악천산에 무엇이 있는지 알고 문주를 홀리는 능력을 지녔
다면… 아무래도 사파연맹주와 관련이 있겠군.'

그렇게 생각할 수밖에 없었다. 악천산에 있는 것은 모두 자
신의 것이었다.

사파연맹주가 직접 그렇게 말했으니 틀림없이 그 소유는 진
천에게 있었다.

사파연맹주와 관련이 있다고 하더라도 진천은 양보해 줄 마
음이 전혀 없었다.

"다, 다 말했으니 제발……."

진천이 등을 돌리자 흑운이 그의 목을 베었다. 진천은 객잔
을 바라보았다. 노인과 점소이가 그 광경을 바라보며 굳어 있
었다.

"주군, 처리할까요?"

"아니, 다른 방법을 써보도록 하지."

경지가 올라 폭넓게 사법을 쓸 수 있었다. 진천이 노인과 점소이에게 다가갔다.

"은공, 저를 죽이실 생각이십니까?"

"담담하군."

"허허, 이 나이에 죽음이 무에 두렵겠습니까? 다만 유언조차 남기지 못하는 것이 아쉬울 뿐이지요."

진천은 노인의 얼굴을 보며 웃었다.

"과거의 물 한 잔. 그게 당신을 살렸소."

노인의 눈이 크게 떠졌다. 노인 역시 기억하고 있는 모양이었다.

"설마……?"

진천과 노인의 눈이 마주쳤다. 진천과 눈이 마주치는 순간 노인의 눈빛이 흐려졌다.

"잊으시오. 내일 아침이면 모든 것이 개운해질 것이오."

"잊는… 다. 개운해진다……."

그렇게 중얼거리며 노인은 객잔으로 들어갔다. 진천은 점소이에게도 같은 방법을 썼다. 새로운 경지에 오르면서 가능해진 섭혼술의 응용이었다.

흑운이 은밀히 데려온 노인의 손녀까지 섭혼술을 걸었다.

부작용은 없을 것이다. 오늘의 기억이 모두 날아간 것일 뿐이다.

이로서 목격자들이 모두 제거되었다. 진천은 마을 뒤에 솟아 있는 악천산을 바라보았다. 달이 걸려 있어 제법 운치가 좋았다.

제8장
진중파

　진중파의 전신은 진중림이라 불리는 사파 계열의 문파였다.
사파연맹이 무너지면서 우연치 않게 기득권을 지게 되어 더욱
커지게 된 것이었다.

　사파연맹이 있을 당시에는 그들의 눈치를 보며 죽은 듯이
지냈지만 이제는 그들의 세상이나 마찬가지였다.

　무림맹의 비호를 받고 있으니 무서울 것이 없었다. 사파연
맹이 해체될 때 유실된 많은 비급을 취한 것도 바로 진중림이
었다.

　무림맹에게 비급의 상당 부분과 자금을 헌납함으로써 정파

로서 인정을 받고 있는 것이다.

게다가 지금도 계속 뇌물을 바치고 있어 무림맹의 지속적인 비호를 받고 있었다.

진중파의 문주는 무공뿐만 아니라 계략에까지 능통한 자였다.

주변의 중소 상권들을 지속적으로 괴롭혔고 상납금을 바치지 않으면 아예 길목을 지날 수 없게 막아버렸다.

하남성까지 빠르게 갈 수 있는 지름길을 놔두고 돌아가야 하니 그 비용보다 차라리 상납금을 내는 편이 더 나았다.

상납금을 내지 않고 지나는 상단은 여지없이 진중파가 비공식적으로 거느리고 있는 산적들에게 모든 물품을 빼앗겼다.

물론 대형 상단들은 예외였는데 오히려 호의적으로 다가가며 호위를 해주기도 했다. 때문에 지방의 이권을 쥐고 있는 상단들에게는 꽤나 좋은 동료였다.

그런 약삭빠른 문주가 최근에 달라졌다. 아름다운 여인 하나를 첩으로 들인 순간부터였다.

급격히 세력을 불려가던 진중파의 기세가 한풀 꺾였고 부하들에게 악천산에 있는 비밀스러운 흔적들을 찾으라고 닦달했다.

더욱 놀라운 것은 그녀를 접한 간부진들 역시 그녀에게 잘 보이려 애쓰고 있다는 점이었다.

장로 중 하나가 그녀를 넘보았다가 문주가 직접 처단한 일은 진중파에서 유명했다.

그녀가 진중파의 실권을 쥐게 되었다고 표현해도 이상함이 없었다. 그래도 그전보다 살림살이 측면에서 나아진 점이 많으니 문도들은 수긍하며 따르고 있는 중이었다.

"아직도 찾지 못했나요?"

"음, 노력하고 있소. 조금만 더 기다려 주시오."

진중파의 문주는 다소곳하게 앉아 있는 여인을 향해 그렇게 말했다.

문주의 눈은 색욕으로 붉게 충혈되어 있었다. 이미 본처는 먼 곳으로 보낸 지 오래였다.

그는 침을 꿀꺽 삼켰다. 그녀를 보면 볼수록 늪에 빠진 것처럼 빠져나올 수 없었다.

진중파의 문주는 그녀의 어깨를 쓰다듬었다. 그의 입에서는 침이 줄줄 흐르고 있었다.

"양화⋯⋯."

양화와 눈이 마주치자 눈빛이 점차 흐려지기 시작했다. 그러더니 혼자 침대에 누워 헉헉거리기 시작했다. 마치 발정난 개처럼 뒹굴거리고 있었다.

양화는 그런 진중파의 문주를 보며 살포시 웃곤 그의 귓가에 속삭였다.

"좋은 밤 되세요."

양화는 문주가 기거하고 있는 진중궁에서 문을 닫고 나왔다.

진중파의 중앙에 있는 진중궁은 과거 사파연맹이 쓰던 별채였다. 지금은 개량해서 진중파의 상징이 되었지만 말이다.

양화는 추억이 가득한 눈빛으로 밖으로 펼쳐진 전경을 바라보다가 복도를 걸었다.

"사우."

"예, 아가씨."

양화가 조용히 사우라는 이름을 부르자 그녀의 뒤에서 검은 그림자가 나타났다.

그녀의 앞으로 다가와 정중히 부복했다.

"겨우 이곳에 왔는데 아무런 진척이 없네."

"잘 풀릴 것입니다. 진중파의 모두가 악천산을 이 잡듯이 수색하고 있으니 말입니다."

"무언가 놓친 것이 있어."

양화는 그렇게 말하며 입술을 깨물었다.

양화는 창밖으로 비치는 보름달을 보며 깊은 숨을 내쉬었다. 무엇을 놓치고 있는지 감이 잡히지 않았다. 그녀가 사우를 향해 다시 입을 뗄 때였다.

밖으로 물려놓았던 문주의 호위 무사가 복도를 뛰어왔다. 사우는 이미 사라지고 없었다.

호위 무사가 그녀의 앞에서 멈추었다.

"무슨 일입니까?"

"마을로 내려갔던 문도들이 당했다는 소식에 참산거부께서 가셨는데 소식이 끊겼습니다."

"참산거부께서요?"

"저… 문주께서는……."

양화는 부드러운 미소를 지으며 호위 무사를 바라보았다. 그 순간 호위 무사의 눈빛이 흐려졌다. 얼굴이 붉게 달아올랐다.

"문주께서는 편히 쉬시고 계십니다. 방해를 받고 싶지 않다고 하시니 남 호위께서 처리하시면 될 것 같습니다. 그 정도는 가능하잖아요?"

"그, 그러도록 하지요."

호위 무사는 귀신에 홀린 것처럼 등을 돌리며 진중궁을 빠져나왔다.

"시우, 알아봐 줘. 마음에 걸려."

"예, 아가씨."

참산거부 역시 이용해 먹음직한 남자였다. 상당한 무공을 지니고 있어 이용 가치가 높았다. 그런 자가 마을로 내려가서 소식이 끊긴 것이다.

불안한 마음이 치솟았다.

늘 그렇듯 사소한 문제가 생긴 것일 수도 있었다. 하지만 그녀의 직감은 참산거부가 누군가에게 당했다고 말해주고 있었다.

시기가 상당히 공교로웠다. 악천산에 있는 재보의 소재가 눈앞까지 다가온 시점이었다.

양화는 다시 보름달을 바라보았다.

조금은 긴 밤이 될 것 같았다.

$$* \qquad * \qquad *$$

시간을 끌 필요는 없었다. 진천은 바로 악천산으로 향했다. 진중파의 위치는 알고 있었다.

악천산에 들어서자 진천은 악천산에서 어떤 기운을 읽을 수 있었다.

악천산의 중심으로부터 상당한 탁기가 느껴졌다. 흐름을 벗어나지 않은 탁기에 불과했지만 농도가 상당히 짙었다. 맑은 산의 기운에 섞여 음산한 기분을 들게 만들고 있었다.

"기분 나쁜 산이군요. 본거지로 삼고 싶을 정도로."

"산세는 꽤나 볼 만하군."

진천과 흑운은 마치 산책이라도 가는 것처럼 진중파로 향하는 길을 따라 걸었다. 도저히 진중파를 박살 내러 가는 것이라고는 생각할 수 없을 정도로 걸음이 가벼웠다.

"경지가 올랐더군."

"예, 주군께서 베푸신 은혜 덕분입니다. 하나 거대한 벽을 마주한 느낌입니다."

"시간은 우리 편이다. 조급해하지 마라."

시간이 지난다면 흑운은 충분히 지금의 경지를 벗어나 훨씬 높은 곳까지 오를 수 있을 것이다. 흑천이라는 좋은 스승이 있었고 진천의 사법이 존재했으니 말이다.

그렇게 걷자 진중파의 본관이 모습을 드러냈다. 높게 솟아 있는 절벽 주변에 잘 지어진 목조 건물이 보였다. 호수가 옆에 있어 경치가 제법 좋았다.

"웬 놈이냐!"

"멈춰라!"

본관의 입구를 지키고 있는 진중파의 문도들이 걸어오는 진천과 흑운에게 말했다. 진천은 그런 그들의 말을 가볍게 무시하며 걸어갈 뿐이었다.

"장인의 솜씨로 지은 건물이군. 진중파가 지은 것은 아니야."

"사파연맹이 쓰던 건물로 보입니다. 지형도 좋고 많은 인원이 머물 수 있을 것 같습니다."

위치도 좋았다. 진천이 계속해서 다가오자 검을 뽑아 들었다.

"멈… 컥!"

"커헉!"

검을 겨누려 했지만 그 행동은 이루어질 수 없었다. 흑운의 신형이 흔들리는가 싶더니 그들의 앞에 나타나 순식간에 양단해 버린 것이다. 수준급의 이형환위였다.

"탁기가 느껴지는군."

"진법이 발동되고 있는 것 같습니다."

진중파의 본관을 중심으로 탁기가 느껴졌다. 강제적으로 탁기를 모으는 진법 같았다.

탁기는 중앙에 있는 건물로 모이고 있었다. 정파의 수법은 절대 아니었고 사파 쪽이 분명했다.

문 안으로 들어가자 제법 잘 꾸며져 있었다. 연못까지 만들어져 있었고 색이 화려한 물고기가 보였다.

진천이 잠시 물고기를 바라보고 있자 사방에서 진중파의 문도들이 쏟아져 나왔다. 일류 고수가 상당히 많았고 절정에 이른 자들도 있었다. 중소문파치고는 제법 괜찮은 수준이었다.

"웬 놈이냐?"

그들 중 하나가 패기 있게 외쳤다. 절정의 기도를 가진 무인이었다.

"알 것 없다."

흑운이 그렇게 말하자 주변에서 살기가 들끓었다.

하지만 진천의 시선은 진중궁이라 쓰여 있는 중앙의 건물을 향할 뿐이었다.

'탁기를 지닌 누군가가 있군.'

사기를 닮은 탁기였다. 비록 자신의 발끝에도 이르지 못하지만 그것이 사기를 추구하고 있음을 알 수 있었다.

진천은 흥미가 생겼다. 이들을 처리하고 알아보는 것이 좋을 것 같았다. 진중파의 문주가 탁기를 다루는 것인지 아니면 다른 누군가가 숨어 있는 것인지 궁금해졌다.

"네놈들이 진중파의 문도들을 도륙한 흉수로군!"

중년의 사내 하나가 앞으로 나오며 그렇게 말했다. 고수의 풍모를 지닌 남자였다. 진중파 중에서도 손꼽히는 고수가 분명했다. 참산거부보다 한 수 위의 실력을 지닌 것 같았다.

"그리 대단한 일은 아니었다."

"뭐라?"

진천의 말에 사내의 표정이 일그러졌다.

"감히 진중파를 건드리고도 무사할 성싶으냐!"

"그럴 것 같다면?"

진천이 스산한 미소를 지으며 말하자 사내가 흠칫하며 몸을 떨었다. 진천에게서 뿜어져 나오는 살기는 결코 평범하지 않았다.

'고수!'

수위를 알 수 없는 고수였다.

"네, 네놈이 아무리 고수라도 무림맹을 당해낼 수는 없을 것이다!"

"무림맹. 그래, 당해낼 수 없겠지."

아직까지는 무림맹의 고수들을 당해낼 수 없었다. 진천은 현경의 경지를 밟고 있지만 무림맹에는 자신보다 높은 경지에 있는 자들이 수두룩할 것이다.

구파일방의 장문인만 보더라도 신선이라 불리고 있었다.

진천이 그렇게 인정하며 말하자 사내는 굳어진 얼굴을 겨우 풀었다.

"이쯤에서 물러난다면 특별히……."

"살인멸구라는 말이 있지."

"허억!"

진천의 기세가 주위를 덮었다. 살기와 함께 뻗어나간 기세는 주위에 있는 진중파의 문도들을 압도했다.

진천의 막대한 내공은 이미 오갑자를 넘어서고 있었다. 게다가 혼기는 그 어떤 내력보다 강력한 위력을 지니고 있었다.

"커헉!"

"켁!"

진천의 기세를 내력으로 버티려다가 많은 수의 문도가 피를 토하며 쓰러졌다.

"머, 멈추시오! 도, 도대체 왜 이러시는 것이오! 우리에게 무슨 원한이 있길래⋯⋯."

곧 죽을 자에게 설명해 줄 필요는 없을 것이다.

진천이 손을 뻗자 바닥에 떨어져 있던 검이 진천의 손에 빨려 들어왔다.

진천은 내력을 전력으로 일으켰다. 저들의 경지가 낮기는 하나 문파를 이룬 문도들이었다.

진천은 결코 방심하지 않았다.

진천의 손에서 수라검법이 펼쳐졌다. 잿빛이 아닌 황금빛 검강이 치솟았다.

자연의 흐름과 역천의 기운이 모두 포함되어 있는 것이 바로 혼기였다. 수라역천신공의 경지가 높아졌기에 생긴 현상이었다.

수라역천신공을 대성한다면 어떤 모습으로 변할지 진천 역시 몰랐다.

검강이 뿜어져 나갔다.

"커헉!"

사내가 검을 들어 방어했지만 진천의 혼기에 내상을 입고 피를 토했다.

진천의 혼기는 그의 내력을 잡아먹으며 혈맥을 찢어버렸다. 진천이 아니고서는 혼기를 몸에 담을 수 없었다.

수라검법(修羅劍法) 혼천세(昏天勢).

황금빛 검강이 반월 모양으로 뻗어나갔다.

빛살처럼 뻗어나간 검강이 사내와 주변에 있던 진중파 문도들의 몸을 양단해 버렸다.

그들은 자신이 어떻게 죽은지조차 깨닫지 못하며 눈을 뜬 채로 바닥에 쓰러졌다.

압도적인 무위였다.

흑운이 뒤로 주춤 물러나려는 문도들을 베었다.

진천과 흑운은 둘에 불과했지만 진중파의 많은 문도를 포위하고 있었다.

문도들은 진천에게 덤비지도 못하고 도망치지도 못했다.

진천의 신형이 흔들리기 시작하더니 그 자리에서 사라졌다. 그와 동시에 흑운의 모습 역시 어둠 속으로 스며들듯 사라졌다.

서걱! 서걱!

진천이 문도들의 앞에 나타났다. 수라신법을 밟으며 문도들 사이를 지나쳤다.

그들이 머리가 공중에 치솟는 것은 순식간이었다. 단 한수에 넷이 바닥에 쓰러진 것이다.

문도들은 주춤거리며 뒤로 물러났지만 그곳에는 흑운이 기다리고 있었다.

스윽!

흑운의 움직임은 간결했다. 정확히 급소만을 찔렀고 자세가 흐트러진 자들의 틈을 파고들었다.

진을 형성할 사이도 없이 순식간에 당해 버렸다.

고수로 보이는 남자가 죽어버린 것이 크게 작용했다. 사태를 간신히 파악한 진중파의 장로들이 합류했지만 상황은 나아지지 않았다.

진천의 수라검법은 너무나 파괴적이었다.

장로들의 검을 부수고 그대로 몸까지 갈라 버렸다.

그들은 호신강기를 펼쳤지만 진천의 혼기로 이루어진 검강이 호신강기를 때리는 순간 여지없이 깨져 나갔다.

내부를 뒤흔드는 충격에 정신을 차리지도 못하며 육체가 양단되었다.

전신 내력을 일으키는 진천은 이곳을 지배하고 있었다. 혼기가 넘실거리듯 퍼지며 문도들의 사지를 떨리게 만들었다.

진천이 빠르게 검을 놀려 가장 늙어 보이는 장로의 어깨를 베었다. 검을 든 손이 허무하게 잘려 나가며 바닥에 떨어졌다.

다급히 혈도를 점하며 지혈을 했지만 그의 코와 입에서는 검은 피가 줄줄 흘러나오고 있었다.

혼기가 혈맥에 파고들어 내부를 모조리 박살 내고 있었기 때문이다. 진천은 무릎을 꿇으며 바닥에 쓰러진 장로를 바라보았다.

"문주는 어디 있느냐."

"크헉!"

상황이 이렇게 되었음에도 문주의 모습은 보이지 않았다.

진중파의 정예라 부를 수 있는 자의 절반이 사라져 있었고 가장 고수라 불리는 장로들은 하나만 간신히 숨이 붙어 있을 뿐이었다.

"사파와 무슨 관계지?"

"우, 우리는 배, 백도 무림의……"

"이 탁기는 무엇이지?"

"그, 그것이 무슨 소리……"

진천은 그의 눈을 바라보았다. 장로의 눈에서는 섭혼술의 흔적이 보였다.

섭혼술보다는 이성을 유혹하는 매혹술에 가까웠지만 그 뿌리는 분명 섭혼술이었다.

누군가 사술이라 불리는 섭혼술을 사용한 것이다. 탁기를 이용한 섭혼술은 장로와 같은 고수에게도 충분히 통하고 있었다.

긴 시간을 거쳐 공들여 시행한 것으로 보였다. 진중파에 설치된 진법의 영향도 컸다.

장로는 그 무엇도 알지 못했다. 진천은 그를 바라보다가 그의 옆을 지나쳤다. 장로가 입에서 피를 뿜으며 바닥에 쓰러졌다.

이 근방에서 이름을 날린 자치고는 비참한 최후였다. 자신을 죽인 자에게 이름을 밝히지도 못하고 묻혀 버린 것이다.

"웬 소린이냐! 허억, 누, 누가 이런 짓을!"

진중궁에서 중년의 사내 하나가 헐레벌떡 뛰어나왔다.

그의 옆에는 아름다운 여인이 서 있었는데 진천은 그녀에게서 탁기를 읽을 수 있었다. 사파연맹에 관련된 인물이 분명했다.

그녀의 옆에 서 있는 자는 문주로 보이는 자였다. 화경을 이룬 고수가 분명했지만 눈빛은 흐려져 있었다.

그의 경지는 점점 퇴보하고 있을 것이다. 그리고 사리 분별도 제대로 할 수 없을 것으로 보였다.

흑운보다 한 수 위로 보였지만 지금 당장 겨룬다면 흑운이 이길 수 있을 것이 분명했다.

"요사스런 계집을 곁에 두었군."

"네, 네놈! 양화를 노리고 온 것이로군! 내가 지켜주겠소! 걱정하지 마시오!"

문주는 그렇게 말하며 검을 뽑았다.

장로들이 모두 죽었고 문도들이 반 이상 도륙된 상황에서 자신감 넘치는 표정을 짓고 있었다.

그의 얼굴은 붉게 달아올라 있었다.

눈빛에서 읽어지는 것은 고명한 고수의 맑은 기운이 아닌 색욕이었다.

"부탁드립니다."

"맡겨두시오."

양화라 불리는 그녀의 말에 문주는 전신 내력을 일으키며 보법을 밟았다.

문주는 진중파의 근간이 되는 검법이 펼쳤다. 막대한 내공에서 나오는 파괴적인 검법이었지만 지금 펼치는 초식은 너무나도 무모했다.

문주의 검강을 담은 검이 진천을 향해 쏟아져 내렸다. 그러나 어느 하나도 진천에게 닿을 수 없었다.

그가 정신을 차리고 전력으로 덤벼온다면 진천에게 오십합 정도는 버틸 수 있을 것이다.

하지만 진천은 그에게 시간을 줄 생각이 없었다.

진천은 수라보법을 밟으며 검을 뽑었다.

진천의 손에서 빠져나간 검이 순식간에 문주에게 뻗어갔

다. 그가 기겁을 하며 검을 들어 막았지만 검이 두 동강 나며 바닥에 떨어졌다.

"헉!"

문주의 이마에 진천의 검이 꽂혀 들어갔다. 검이 가볍게 문주의 뒤통수를 뚫고나왔다.

문주의 몸이 뒤로 천천히 넘어가며 쓰러졌다.

"이… 기어검."

양화가 그렇게 말하며 진천을 노려보았다. 완벽한 수준의 이기어검은 아니었지만 그것이 펼쳐진 것만으로도 지켜보는 모두에게 큰 충격을 주었다.

문주가 당해 버렸다. 남아 있는 진중파의 문도들은 더 이상 반항을 할 수 없었다.

흑운이 남아 있는 문도들의 혈을 짚어 제압했다.

"양화라 했던가?"

"그렇습니다."

양화는 살포시 웃으며 진천과 눈을 맞추었다.

양화의 눈에서 탁기가 스며 나오는 것을 볼 수 있었다.

진천은 그 모습에 피식 웃었다.

주변의 탁기가 넘실거리며 진천의 혼백을 물들이려 시도했다. 하지만 진천에게는 그 어떤 영향도 줄 수 없었다.

"크흣!

오히려 양화가 비틀거리며 주저앉았다.

"어, 어떻게?"

"아가씨!"

양화의 주변에 숨어 있던 자들이 나타났다.

진중파의 문도들과는 다른 기세를 품고 있었다. 모두 넷이었는데 양화의 호위 무사 정도로 보였다.

절정에 이른 기도는 쓸 만했지만 위협이 될 정도는 아니었다.

양화의 호위 무사들은 검을 뽑으며 진천에게 겨누었다.

양화는 그들을 물릴 수밖에 없었다. 진천에게 일초지적도 안 된다는 것을 알고 있었기 때문이다.

"섭혼술이라… 재미있군."

"저, 정체가 뭐죠? 어떻게 그걸……."

양화는 호위 무사의 부축을 받으며 자리에서 일어났다.

진천은 양화에게 천천히 다가갔다.

양화는 탁기를 끌어 모아 진천에게 대항하려 했지만 진천의 기세에 밀려 비틀거릴 뿐이었다.

진천에게서 사혼단에서 뿜어져 나온 사기가 넘실거리기 시작했다.

사기를 느낀 순간 그녀의 눈이 흔들렸다.

"이… 기운은……."

양화의 몸이 부들부들 떨렸다. 그녀가 궁극적으로 추구하는 기운이 바로 앞에 존재하고 있었다.

그것을 마주했을 때의 감동은 두려움을 가볍게 앞서고 있었다.

털썩!

다리에 힘이 풀려 다시 바닥에 주저앉았다. 넋을 잃은 것은 호위 무사들도 마찬가지였다.

진천이 양화의 목에 검을 겨눌 때까지도 아무런 행동도 할 수 없었다.

그들이 지닌 탁기는 진천의 사기에 제압당해 있었다. 사기를 접하는 것만으로도 혼백이 흔들리고 있는 것이다.

"말해봐라. 정체가 뭐지?"

양화는 입술을 꾹 다물며 진천을 바라보았다. 그녀가 말하든 말하지 않든 상관은 없었다. 알아낼 방법은 충분히 많았기 때문이다.

"저는……."

양화가 입을 열었다. 진천이 과격하게 손을 쓸 필요는 없었다.

진천은 양화의 말을 들어보고 어떻게 처리를 할지 결정하기로 했다.

                    *   *   *

　진천은 진중파의 문도들을 본관의 지하에 가두어 놓았다.

　흑운이 확실히 사기로 점혈을 짚어서 그들의 내력으로는 결
코 점혈을 풀 수 없었다. 점혈을 풀려고 내력을 일으켰다가는
사기에 침투당해 주화입마에 걸려 즉사할 것이다.

　문도들은 나름 쓸모가 있을 것이다. 그들은 이제 결코 자유
로워질 수 없었다.

　진천은 그들에게 선택권을 주었다.

　이대로 죽거나 자신을 따르거나. 그들은 지금 지하에 갇혀
갈등을 거듭하고 있었다.

　그들이 굴복한다면 섭혼술로 쉽게 제압할 수 있었다.

　진천은 진중파의 문주가 기거하는 방에 앉아 있었다.

　흑운이 진천의 뒤에 서 있었고 양화와 그녀의 호위 무사가
진천의 앞에 무릎을 꿇고 있었다.

　양화는 진천에게 모든 것을 말했다. 사기를 접한 이상 그에
게 반항을 할 마음은 모두 사라져 있었다.

　"사파연맹주의 여식이라……."

　처와 자식들이 무림맹에 잡혀 있다는 말은 들은 적이 있는
진천이었다.

　첩의 자식이었지만 사파연맹주는 그녀를 제법 아낀 듯했

다. 선천적으로 무공을 익힐 수 없는 기질 탓에 그가 알고 있는 사법의 일부를 물려준 것 같았다.

그녀는 상당히 총명해서 스스로 탁기를 모으는 진법을 개발했고 사법의 연구를 통해 고수의 이지를 상실케 할 정도의 사술을 쓸 수 있었다.

그녀의 궁극적인 목표는 복수였다. 각지에 흩어져 있는 사파연맹의 잔존 세력을 모아 복수를 이루려고 한 것이다.

악천산에 온 것도 그 이유 때문이었다. 자금을 확보하고 세력을 하나로 규합하기 위함이었다.

첩의 자식이었기에 그녀가 사파연맹주의 정통 계승자로 인정받기 위해서는 그에 맞는 증거가 필요했다.

무공을 익히지 못한 그녀가 할 수 있는 일은 사파연맹주가 남긴 유산을 찾는 일 뿐이었다.

'잔존 사파 세력은 꽤나 좋은 말이 될 수 있겠군.'

무림맹과 마교의 시선을 확실히 붙잡고 진천의 세력을 감추는 연막이 될 수 있을 것이다.

진천이 상대할 세력은 너무나 거대한 세력이었다. 장기말은 많은 편이 좋았다.

진천이 한동안 말을 하지 않고 있자 적막만이 방 안에 내려앉았다.

양화의 얼굴빛은 너무나 창백했다.

진천의 사기는 갈무리되어 없었지만 그가 내뿜고 있는 기세에서는 사기보다 한 차원 높은 무언가가 존재했다.

모든 사술을 이룰 수 있는 궁극적인 기운이 사기라면 그 위를 지배하는 절대자 같은 느낌이 들었다.

진법을 이용해 몸에 쌓은 탁기는 그 기운 앞에서는 아무것도 아니었다.

거대한 태풍 앞에 있는 작은 촛불과도 같았다. 절로 식은땀이 흘렀고 손은 이미 축축했으며 몸 또한 바들바들 떨리고 있었다.

그것은 호위 무사 역시 마찬가지였다.

'저자의 호위에게서도 사기가 느껴져. 도대체 어떻게?'

사법을 알지 못했다면 알아차리지 못했을 것이다.

선천지기마저 사기로 물들어 있어 오히려 정순하게 느껴지기까지 했다. 도대체 어떤 방식으로 사기를 받아들인 것인지 그녀는 이해할 수 없었다.

양화의 생각은 오래가지 못했다. 진천이 드디어 입을 뗀 것이다.

"넌 얕고 어설프기는 하나 사법의 일부를 익히고 있더군."

"사법을… 아시옵니까? 그것은 아버님과 저밖에 모르는 것인데… 어찌하여……."

사파연맹주는 그녀에게만 사법에 대해 말한 모양이었다. 무

214 역천마신

공을 익히지 못하는 그녀를 가엽게 여겨 일부의 구절을 전수한 것으로 보였다.

그것만으로는 간단한 사술밖에 쓰지 못하겠지만 그녀는 무공을 익힐 수 없는 대신 대단히 총명한 머리를 지니고 있었다. 그 일부를 가지고 어느 정도 사법에 대해 큰 틀을 짜올릴 정도로 말이다.

"악천산에 있는 것은 내 것이다. 사파연맹주에게 직접 물려받은 것이지."

"무슨……."

양화는 진천을 바라보았다.

그는 믿을 수 없는 말을 하고 있었다. 그 말이 사실인지 알수는 없으나 양화는 진천이 그녀의 아버지와 관련이 있을 거라고 생각할 수밖에 없었다. 사법에 대해 아는 것과 전설 속에서나 접할 사기를 지니고 있는 자였다.

"나는 사법을 완전히 이어받았다."

"그, 그게 사실이십니까? 어찌 인간의 몸으로 그것을 이룰 수 있는 것입니까!"

"내게서 느껴지는 사기가 그 증거다. 너도 이미 알고 있을 텐데?"

양화는 흥분하며 벌떡 일어났다.

사법을 알고 있으리라 짐작은 했지만 완전히 이어받았으리라고는 생각하지 못했다.

절대 고수로 이름을 날리던 사파연맹주조차 전부 익히지 못하고 봉인해 놓았을 정도니 말이다.

양화는 진천을 바라보았다.

진천이 이런 이야기를 해주는 까닭이 이해가 되었기 때문이다.

그는 강요하고 있었다. 여기서 죽던가 아니면 그의 수족이 되던가.

"선택해라."

"저에게 무엇을 주실 수 있으십니까? 제가 모든 것을 걸고 반항한다면 저를 굴복시킬 수 없으실 겁니다."

이지를 잃은 꼭두각시가 될 뿐이었다. 양화는 무공을 익히지 않았기에 수라귀조차 될 수 없었다.

양화가 없다면 사파의 잔존 세력을 하나로 규합할 인물이 없어질 것이다.

사파연맹주의 딸.

그녀라면 잔존 세력들을 하나로 묶을 수 있었다.

"사기를 주도록 하지. 원한다면 사법을 전수해 줄 수도 있다."

"저를 이용하여 무엇을 하실 생각이십니까?"

"무림맹과 마교를 없앨 것이다."

파격적인 말에 양화의 두 눈이 커졌다.

진천이 한 말은 그녀가 간절히 원하는 것이기도 했다.

그녀는 자신의 모든 것을 앗아간 자들에 대한 복수를 간절히 원하고 있었다.

"배신은… 염두에 두시지 않은 것입니까?"

"배신할 수 있다면 그것도 네 능력이겠지."

사기를 지닌 자는 진천을 거스를 수 없었다. 수라역천신공이 사기를 지배하고 있었기 때문이다.

순리와 역천을 동시에 지닌 자는 오로지 진천뿐이었다. 지금까지 존재하지 않았고 앞으로도 탄생하지 않을 것이다.

양화는 진천을 바라보다가 그대로 고개를 숙였다. 그녀의 호위 무사 역시 마찬가지였다. 긴 말은 필요치 않았다. 진천은 그녀의 앞에 걸어갔다.

"받아들이거라."

진천이 그녀의 어깨에 손을 올리며 사법을 행했다. 사혼단에서 사기가 뿜어져 나오며 그녀의 탁기를 모조리 먹어치웠다.

온몸이 부서지는 고통에 그녀는 바들바들 떨었지만 신음성 하나 내지 않았다.

그녀의 선천지기까지 사기가 잠식하고 나서야 고통이 멈추었다.

그녀의 하얀 피부가 더욱 하얗게 변했고 두 눈은 흑진주처럼 빛나고 있었다.

그녀는 신세계를 맛보고 있었다. 사법에 대해 갖고 있던 의문이 풀리며 명확히 이해하기 시작한 것이다.

사법은 인간의 몸으로는 행할 수 없는 궁극의 사술이었다. 오로지 사기로 행해야만 완벽하게 사용할 수 있는 것이다.

그녀의 눈에서 눈물이 뚝뚝 떨어졌다. 그녀가 평생 연구해도 얻지 못할 것을 얻었고 복수의 길까지 열렸다.

주군을 모셔야 하는 입장이 되었지만 그것마저 그녀를 기쁘게 했다. 사기를 접함으로서 깨달은 진천의 능력은 그야말로 인세에 재앙을 부르는 마신일 것이다.

양화는 사법을 알기에 그것을 누구보다도 더 잘 알았다.

"주군을 뵙습니다."

진천은 고개를 끄덕였다.

"네 이름은 이제부터 흑화다. 사파를 다시 일으켜 사파지존이 되어라."

"존명!"

진천이 그렇게 말하자 흑화는 이마를 바닥에 대며 그렇게 외쳤다.

그녀의 호위 무사들은 전율에 떨며 진천을 감히 바라보지 못했다.

"좋은 패를 얻으셨군요. 감축드리옵니다."

진천은 고개를 끄덕였다.

사파연맹주가 무엇을 남겼는지는 몰라도 그것보다 흑화를 얻은 것이 더 큰 이득 같았다.

이제 악천산에 숨겨놓은 유산을 찾는 일만 남았다.

*   *   *

진중파는 진천의 손에 들어오게 되었다. 정확히 말하자면 흑화가 지배하고 있었다.

그녀는 사기를 얻자마자 진중파에 설치된 진법을 손보았다. 덕분에 흑화가 깨달은 사법은 더 강력해졌고 지하에 있는 진중파의 문도들을 수하로 부릴 수 있게 되었다.

진천은 흑화에게 사법의 일부를 전수해 주었다.

흑화가 받아들일 수 있는 한계까지만 전해준 것이다.

진중파의 고수들이 모두 제거된 것이 안타깝긴 했지만 흑화라면 위기를 기회로 삼을 만한 능력을 지니고 있었다.

악천산에 있는 유산에 대한 수색 작업은 실마리를 찾아갔다.

사파연맹주는 그가 쓸 수 있는 사술을 이용해 악천산에 유물을 숨겨놓은 것이다.

강력한 진법이 설치되어 있어 그동안 흑화와 진중파의 문도들이 찾지 못한 것이었다.

　진천과 흑화는 진법이 설치된 곳으로 향했다. 흑운 역시 뒤따랐다. 악천산에 있는 커다란 절벽이었다. 물이 흘러내려 와 절벽 밑에 작은 호수를 이루고 있었다.

　"사술로 이루어진 진법이군."

　"제 실력이 부족했기에 여태까지 찾지 못한 것이었어요."

　흑화가 진천의 말을 듣고 그렇게 말했다.

　진천이 아니었다면 영원히 찾지 못했을 것이다. 숨겨놓은 방법은 절대 일반적이지 않았다. 사법에 대해 이해하지 못했다면 결코 작은 단서조차 얻지 못했을 것이다.

　진천은 절벽을 바라보았다. 그리고 그곳을 향해 걷기 시작했다.

　사법을 알고 있었기에 어디로 가야 하는지 진천은 단번에 알 수 있었다. 진천의 뒤를 흑화와 흑운이 따랐다. 절벽이 코앞에 왔음에도 결코 멈추지 않았다.

　진천은 절벽으로 몸을 밀어 넣었다. 절벽에 몸이 부딪혀야 했지만 진천의 몸이 절벽에 빨려 들어가듯 사라졌다.

　진천의 눈앞에 나타난 것은 눈을 현혹시키는 환상들이었다. 정순한 내공을 가지고 있는 자라도 혹할 정도로 대단히 사실적이었다.

진천은 아래를 바라보았다.

좁은 길 양옆에는 낭떠러지가 형성되어 있었다. 그 끝에 날카로운 날붙이가 돋아 있는 것이 보였다. 환상에 휘둘리다가는 여지없이 낭떠러지에 떨어져 목숨을 잃을 것이다.

사법을 모르는 자는 결코 통과할 수 없는 곳이었다. 흑화와 흑운 역시 위험했지만 진천이 수라역천신공을 운용하며 혼기를 내뿜자 환상이 사라졌다.

"이곳이… 유산이 있는 장소……."

"신경 써서 만든 곳 같군요."

사파연맹주가 만든 곳이 아닌 선조 대대로 내려오는 곳이 분명했다.

좁은 길을 지나치자 넓은 공동이 나왔다. 그곳에는 여러 개의 방이 존재했다.

흑화는 눈을 동그랗게 뜰 수밖에 없었다. 여러 개의 방 중에 가장 중앙에 있는 방은 온갖 비급들로 가득 채워져 있었고 그 옆에는 막대한 양의 황금이 쌓여 있었다. 그리고 수준 높은 병장기로 채워진 방과 각종 영약이 들어 있는 방도 존재했다.

이것만 있다면 사파연맹을 다시 부활시키는 것이 불가능한 일은 아닐 것이다.

진천은 막대한 양의 재물을 보면서 흡족한 미소를 지을 수 있었다.

사파가 쌓은 모든 것이 머물러 있다고 봐도 무방했다.

무림맹의 창고와 충분히 비견될 만했다. 다른 점이 있다면 무림맹의 창고는 구파일방, 오대세가와 무림맹이 함께 관리했지만 이곳은 오로지 진천만의 소유였다.

"굉장한 보물들이군요. 실종된 절기가 적힌 비급도 상당합니다."

진천은 고개를 끄덕였다. 비급을 훑어보니 사파의 절기들이 상당수 존재했다.

"흑화."

"예, 주군."

"네가 이것들을 관리해 보거라."

흑화는 진천의 말에 눈을 동그랗게 뜨며 진천을 바라보았다. 의외의 말이었기 때문이다.

"네가 할 수 있는 모든 것을 동원해 세력을 확보해라."

진천의 말은 기쁨과 동시에 두려움이었다. 그녀를 시험해 보겠다는 말과 같았다.

흑화는 진천의 말에 고개를 깊게 숙였다.

"명을 받들겠습니다."

"수단과 방법을 가리지 마라. 무림맹과 마교 역시 그러했다."

"명심하겠습니다."

진천은 흑화의 말에 고개를 끄덕였다. 흑화는 이곳을 기점으로 세력을 불릴 것이다.

"흑운."

"예, 주군."

"흑풍에게 연락해 흑화가 자리 잡을 때까지 흑영대를 이곳에 머물게 해라."

"존명!"

흑풍과 흑영대가 흑화가 자립할 때까지 도와줄 것이다. 덤으로 이곳의 비급을 익히게 할 생각이었다. 비급뿐만 아니라 부족했던 좋은 병장기까지 확보했으니 흑영대는 더욱 강해질 것이다.

"일이 잘 풀리는군."

진천은 그렇게 생각했다. 일이 술술 풀리고 있었다. 하지만 앞으로도 계속 이렇게 잘 풀릴 것으로 기대는 하지 않았다.

무림맹은 한순간에 진천의 모든 것을 끝장내 버릴 수 있는 거대한 적이었다.

방심했다가는 모든 것이 끝나 버릴 것이다.

'이제 무림맹에 갈 일만 남았군.'

예상보다 일이 더 빠르게 마무리되었다. 며칠 정도 더 머물다가 무림맹으로 향해도 충분했다.

진천은 며칠 동안 비급을 보며 지낼 생각이었다. 이곳은 흑화에게 전적으로 위임했으니 그가 할 일은 존재하지 않았다.

그것은 흑운 역시 마찬가지였다. 흑운은 벌써부터 비급에 눈독을 들이고 있었다.

진천을 위해 강해지고 싶어 했기 때문이다.

진천은 그런 흑운을 말리지 않았다. 가장 처음 거둔 수하가 흑운이었다.

"좋은 비급을 골라 익혀라."

"존명!"

흑운은 진천의 명이 떨어지자 경공까지 쓰며 방 안으로 들어갔다.

진천은 그런 흑운을 바라보다가 천천히 비급을 읽기 시작했다.

*　　　　　*　　　　　*

진천은 며칠 동안 비급을 보며 그곳에서 지냈다.

사파의 무공뿐만 아니라 사파연맹이 보유한 정파의 무공역시 많았다. 상승 무공이라 불릴 만한 것들도 상당했기에 제법 유익했다.

특히나 따로 보관되어 있는 사파연맹주의 무공은 진천에게도 큰 공부가 되었다.

더 높은 경지로 나아가는 밑거름이 될 것이다.

흑화의 신체는 사기를 받아들임으로서 체질이 완전히 달라졌기에 무공을 익힐 수 있게 되었다.

사파의 잔존 세력을 모으려면 그에 알맞은 무공을 갖추어야 했다.

진천이 사파연맹주의 무공, 파천신공의 비급과 함께 수라환단을 건네주었다.

흑화는 감격에 몸을 떨며 눈물까지 보였다. 무공에 대한 갈증이 얼마나 심했는지 알려주는 대목이었다.

진천은 가끔 흑화의 무공을 봐주며 닥치는 대로 비급의 핵심적인 묘리들을 자신의 것으로 만들어가고 있었다.

상반된 무공을 익혀보기도 하며 정파와 사파의 무공에 어떤 차이가 있는지 고찰해 보기도 했다.

'그 끝은 결국 같군.'

궁극에 이르게 된다면 하나로 귀결될 것이다. 결국 정파와 사파를 나누는 것은 그것을 사용하는 사람들의 성질과 기운, 그리고 무공에 새겨진 역사일 뿐이었다.

사람이 만든 틀에 불과했다. 진천은 자리에서 일어났다. 흑운이 안으로 들어오고 있었다.

진천에 의해 파괴된 진법은 흑화가 다시 설치했다. 사기를 지닌 자만이 들어올 수 있게 만든 것이다.

흑운은 며칠 동안 비급의 구절을 암기했고 흑화를 보조하며 지냈다.

"이제 어느 정도 정리가 된 것 같습니다. 흑화의 수완은 굉장히 뛰어나더군요. 진중파가 거느리고 있던 세력을 그대로 흡수했습니다."

"그렇군."

흑화는 열심히 일하고 있었다. 이제 진중파는 껍데기만 남아 있을 뿐이다.

흑풍과 흑영대가 조금만 보조를 해준다면 빠르게 세력을 확장할 수 있을 것 같았다. 그런 면에서는 오히려 진천보다 더 적극적으로 임하고 있었다.

사법을 사용할 수 있게 된 흑화는 거침이 없었다. 물론, 그녀 역시 최대한 조심해야 한다는 것쯤은 알고 있었다.

'흑풍이 잘 도와주겠지.'

진천은 고개를 끄덕이며 흑운을 바라보았다. 비무 대회까지는 여유가 있기는 했지만 이제 떠나는 것이 좋을 것 같았다.

진천이 밖으로 나오자 흑화가 기다리고 있었다. 흑화는 진천에게 공손하게 인사를 올렸다.

"떠나시는 것이옵니까?"

진천은 고개를 끄덕였다.

"꼭 큰 성과를 만들어내어 주군께 바치겠습니다."

"기대하고 있겠다. 흑풍을 통해 보고하도록."

"존명!"

진천은 그녀를 지나쳐 걸었다. 흑화는 진천의 등 뒤를 향해 다시 한 번 인사를 하고는 사라졌다.

그녀의 성장은 대단히 빨랐다. 원래부터 오성이 굉장히 뛰어났고 수라환단과 진천의 지도로 엄청난 성취를 보이고 있는 것이다.

흑풍이 지도한다면 절정의 경지에 오르는 것은 시간문제일 것이다.

하나둘씩 좋은 패가 갖춰지고 있었다. 흑천도 제갈세가를 키우고 있었고 흑화는 사파의 세력을 하나로 규합할 것이다. 진천을 가려주기에 충분했다.

"무림맹, 기대가 되는군."

그는 진천으로서 깨어났을 때 무림맹에 있었다.

그때와 지금의 진천은 천지차이였다.

진천의 명성은 가히 대단했다. 후기지수들과는 비교도 되지 않는 경지를 밟고 있다고 알려져 있었다. 무림백천에 들었으니 당연한 것이었다.

진천의 나이에 그만한 실력을 지니게 된 이는 절대지존이라 평가받는 무림맹주와 지금은 사라진 사파연맹주뿐이었다.

진천은 무림맹이 달라진 자신에게 어떤 모습을 보여줄지 기대가 되었다.

악천산을 내려와 인적이 없는 산길에 진입하자 진천의 모습이 변하기 시작했다. 몸이 어그러지는 소리가 나며 단진천의 모습으로 돌아온 것이다. 흑운 역시 본래의 모습으로 돌아갔다.

"이제부터는 눈에 띌 것이다. 조심해서 나쁠 것 없지."

"예, 주의를 기울이도록 하겠습니다."

진천은 그가 꾸며놓은 단진천의 모습을 연기해야 했다.

세간이 평가하는 단진천은 매사에 공명정대하고 누구보다도 백도 무림을 사랑하며 정의를 위해서라면 목숨을 기꺼이 바치는, 그야말로 젊은 영웅의 모습이었다.

어린 나이에 굉장한 성취를 이루었지만 결코 거만하지 않고 웃어른을 깍듯하게 대해 원로들 역시 진천을 무척이나 좋아했다.

장로들은 진천이 때에 따라 적당히 비위를 맞출 줄 아는 수완도 가지고 있으니 장래에 분명 크게 될 인물이라고 평가하고 있었다.

무공, 성격, 그리고 정치적 수완까지 완벽에 가까웠다.

남궁세가의 소가주가 진천과 자주 비교되었지만 이제는 그를 가볍게 제치고 있었다.

진천은 무림맹이 있는 섬서성으로 향했다. 그의 발걸음은 가벼웠다. 그리고 누구보다도 당당했다. 자신을 막을 자가 없을 거라는 확신을 가지고 있었다.

절대지존이라 불리는 무림맹주가 자신보다 무공이 뛰어날 테지만 그 차이를 극복할 수 있는 사법이 존재했다.

'무림맹주⋯⋯.'

결코 쉽게 죽이지 않을 것이다. 살아 있는 것을 처절하게 후회하고 죽여 달라고 발악하게 만들 것이다. 그뿐만 아니라 그 일에 관련된 모든 자를 그렇게 만들 것이다.

구파일방, 오대세가라 하더라도 진천의 손을 피해갈 수는 없을 것이다.

진천은 음산한 미소를 짓고 있었다.

제9장
태을오검 금고진

　진천과 흑운은 하남성에 진입했다.

　하남성은 진천이 너무나 잘 아는 곳이었다.

　그의 세가가 있던 곳이었고 소림사가 있는 곳이었다.

　소림이 그립지는 않았다. 진천이 그리워하는 것은 현문대사였다. 소림도 그날의 일과 분명히 연관되어 있을 것이다.

　무림맹과 가까워질수록 진천의 속도는 느려졌다. 주변의 시선을 신경 써야 했기 때문이다. 답답한 마음은 들지 않았다.

　그 어느 때보다도 여유롭게 주변의 경관을 음미하며 나아갈 수 있었다. 과거에는 하지 못했던 일이었다. 늘 삶에 치여

서 치열하게 살아왔기 때문이었다.

진천은 현재 정주로 가는 길목에 있었다. 정주를 통과해 길을 따라 섬서성으로 갈 생각이었다.

'마차를 타는 것도 괜찮겠지.'

돈이라면 충분하다 못해 넘쳤다. 전표뿐만 아니라 상당량의 은자까지 소지하고 있었다. 정주 근방에 이르자 무림인들이 보이기 시작했다.

무림맹에서 비무 대회가 열리니 그것을 보기 위해 가는 자들도 상당했다.

"생각보다 일찍 향하는군요."

"아무래도 무림맹이니 말이지."

진천은 주위를 둘러보았다. 대형 상단들이 눈에 띄었다. 표사와 쟁자수들이 줄을 이어 있었고 고급 마차들도 지나다니고 있었다.

무림맹에는 각지에서 몰려온 온갖 신분의 사람들이 있을 것이다. 그리고 평생 보기 힘들다는 고수들이 무림맹으로 모이고 있었다.

그들과 인맥을 다질 기회이기도 하니 모두 일찍부터 무림맹으로 향하고 있었다.

진천과 흑운은 죽립을 쓰고 있었기에 크게 눈에 띄지 않았다. 그저 무림인으로만 보일 뿐이었다. 하지만 안목이 예리한 자라면 충분히 진천을 알아볼 수 있을 것이다.

정주로 향하다 보니 갑작스럽게 많은 사람이 발걸음을 멈추기 시작했다. 짐마차나 상단의 사람들이 멈추어 섰는데 앞을 보니 마차 두 대가 서 있었고 흉흉한 분위기가 흘렀다.

"무슨 일인지 알아보겠습니다."

진천이 고개를 끄덕이자 흑운이 서 있는 사람들 사이에 섞여 들어갔다.

진천은 상황을 바라보았다. 익숙한 복식을 한 무림인이 마차 앞에 서 있는 자에게 기세가 눌리고 있었다.

진천의 눈동자가 커졌다.

그들 사이에 익숙한 얼굴이 있었기 때문이다. 바로 종남파의 태을오검(太乙五劍) 금고진이었다. 당장 죽여도 시원치 않을 놈이 눈앞에 있었다.

그는 남궁휘와 함께 희연이를 죽이는데 가담한 자였다. 진천은 간신히 살기를 억눌렀다. 이곳에서 저놈을 죽였다가는 지금껏 쌓아왔던 것이 무너질 수 있었다.

진천의 입가에 음산한 미소가 서렸다. 이곳에서 저놈을 만난 것은 행운이었다.

천천히 모든 것을 빼앗아 무너뜨린 후 고통스러운 죽음을 부여할 것이다.

"마교와 종남파의 인물이라고 하더군요."

"마교라……."

검을 한 손에 든 채 압도적인 기세를 뿌리고 있는 중년의 남자가 마교의 인물이었다.

"마교의 마차가 잠시 멈추어 섰는데 종남파의 인물들이 그걸 보고 시비를 건 모양입니다. 저자가 모시는 주군에게 큰 결례를 한 모양입니다."

진천은 고개를 끄덕였다.

마교의 인물이 더욱더 기세를 일으키며 종남파의 무인들을 노려보자 그들은 식은땀을 흘리며 간신히 대항하고 있었다.

"조, 종남파를 피, 핍박하는 것이오?"

"네놈의 알량한 헛바닥을 잘라 버리는 것이 종남파를 위해서라도 좋을 것이다."

"그건 사, 사과하지 않았소?"

"사과는 받아들였다. 그러니 그에 맞는 보상을 해줘야겠지. 보상은 저놈의 머리와 네놈들의 헛바닥이다."

마교의 인물에게서 진심이 느껴졌다. 단단히 화가 난 모양인 것 같았다.

그는 금고진의 머리를 원하고 있었다.

상황을 보니 금고진이 이 사건의 원인인 듯했다. 이대로 그냥 둔다면 자연스럽게 복수가 이루어질 테지만 그것은 너무나 편한 처사였다. 절대로 편안한 죽음을 맞이하게 놔둬서는 안 된다.

금고진은 다급히 주변의 인물들을 바라보았지만 모두 눈을 피할 뿐이었다.

무림맹의 높은 위상처럼 마교 역시 그 기세가 대단했다.

무림맹에 유일하게 대항할 수 있는 세력이 바로 마교였다.

무림맹이 백도 무림의 여러 문파들로 구성된 것에 비한다면 마교는 단일 세력이라 부를 만했다.

종남파의 후기지수 한둘을 죽이는 것쯤은 일도 아니었다. 게다가 원인 제공을 한 것이 종남파의 무인들이었으니 명분도 있었다.

마교의 사내가 들고 있는 검에서 검강이 피어올랐다. 검강을 본 순간 종남파 무인들의 얼굴이 사색이 되어버렸다.

저 무지막지한 검강을 막아낼 수 있는 종남파의 무인은 이곳에 존재하지 않았기 때문이다.

사내의 검이 휘둘러졌다. 검강이 금고진의 목으로 날아갈 때였다.

콰앙!!

진천이 보법을 밟으며 나타나 사내의 검강을 튕겨냈다. 그의 손에는 단천검이 들려 있었다.

"웬 놈이냐!"

사내가 그렇게 물었다.

"선배께서 자비를 베푸시지요."

진천이 그렇게 말하자 사내는 흥미롭다는 눈으로 진천을 바라보았다.

사내가 진천을 향해 검을 휘둘렀다. 검풍이 진천에게 닿으며 진천의 죽립을 날려 버렸다. 방어할 수 있었지만 살기가 느껴지지 않아 움직이지 않았다.

"젊군, 젊어. 자네 이름이 뭐지?"

진천은 사내에게 공손하게 인사하며 입을 떼었다.

"단문세가의 단진천이라 합니다."

"단진천이라… 네가 그 단진천이로군."

사내는 금고진을 대할 때와는 달리 진천에게는 위압감을 뿜지 않았다. 오히려 어떤 호감을 느끼는 모양이었다.

금고진의 다리는 후들거리고 있었다. 목을 매만지며 침을 꿀꺽 삼켰다. 진천이 막아서지 않았다면 그의 목은 이미 그의 것이 아니었을 것이다.

"산동의 젊은 영웅을 이런 자리에서 만나게 될 줄은 몰랐네. 소문보다 더 대단하군."

"과찬이십니다."

"아니, 자네 또래에서 내 공격을 막을 수 있는 자는 존재하지 않을 것이네. 나는 마교의 고명진일세."

고명진이 이름을 밝히자 수근거림이 들려왔다.

마천검군(魔天劍君) 고명진.

마교에서 알려진 고수 중 하나였다. 마교에서도 손가락 안에 꼽힐 고수였고 검의 대가였다. 검을 논할 때 빠지지 않는 고수였다.

"마, 마천검군!"

금고진의 입에서 그의 별호가 터져 나왔다.

금고진은 자신이 누구에게 시비를 걸었는지 깨닫고는 몸을 벌벌 떨었다.

"말해보게. 저자는 내 주군을 무시하고 조롱했네. 그런 자를 그냥 용서한다면 마교의 체면이 안서겠지."

"어려운 문제이군요."

고명진이 그냥 용서할 수는 없는 일이었다.

진천은 금고진을 바라보았다. 금고진은 진천에게 간절한 눈빛을 보냈다.

"사, 살려주게."

"추하군."

금고진의 말에 고명진이 그렇게 말했다. 진천은 고명진을 바라보며 천천히 입을 떼었다.

"하나 이대로 이자의 목숨을 가져가신다면 체면은 서겠으나 종남파와 껄끄러운 관계가 되실 겁니다. 평화로운 이때 작은 분란이라도 생긴다면 자칫 큰 희생이 생길 수도 있습니다."

"그렇다면 어찌해야겠는가?"

"목숨을 취하지 않지만 그에 가까운, 벌로써 끝내는 정도가 좋겠지요. 그렇게 한다면 마교의 아량을 보여줄 수도 있고 종남파와 껄끄러운 관계가 될 이유도 없을 뿐더러 이번 사건을 수습하기에는 충분할 것 같습니다."

진천이 말한 것을 들은 고명진은 잠시 마차로 가서 그의 주군과 이야기를 나누고 왔다.

"주군께서 자네의 이야기를 받아들이겠다하셨네."

진천이 말한 것과 부합하는 수법이 있었다.

죽음에 가까운 고통을 느끼게 하는 수법이었지만 적당히 쓴다면 목숨에 지장이 없었고 신체에 영구적인 장애도 남지 않을 것이다. 다만 좀 고생을 하겠지만 말이다.

고명진은 목숨을 거두는 것보다는 그 편이 낫다고 생각했다.

고명진이 금고진과 종남파의 인물들을 보며 그렇게 말했다.

"받아들일 것이냐?"

"그, 그렇습니다."

금고진은 황급히 고개를 끄덕이며 말했다. 무슨 말인지는 정확히 몰라도 살려준다는 말이었다. 받아들일 수밖에 없었다.

"단문세가의 단진천에게 감사해라. 그가 너희들의 목숨을 구했다."

"고, 고맙습니다. 소협!"

"감사합니다!"

금고진과 종남파의 무인들이 진천에게 그렇게 말했다.

진천은 바닥에 떨어진 죽립을 바라보았다. 깔끔하게 잘려 나가 있었다.

'대단한 실력이군.'

수라검법을 쓴다면 지지 않을 자신은 있었지만 검에 대한 이해해 있어서는 진천보다 한 수 위였다.

"단천신검 단진천! 소문보다 더 뛰어난 자로군."

"마천검군의 한 수를 막아내는 수법은 정말 대단했어."

짝짝짝!

지켜보던 무인들과 상인들, 그리고 구경꾼들이 사태가 평화 롭게 해결된 것을 보고 박수를 치기 시작했다.

피를 보게 된다면 정주에 들어가고도 일이 복잡해질 수 있 었기 때문이기도 했다.

"그럼 분근착골(分筋錯骨)로 마무리 짓도록 하지."

"분, 분근착골?"

"허억!"

고명진이 분근착골이라고 말하자 종남파의 모두가 당황하 며 진천을 바라보았다.

"몸에 아무런 영향도 없을 것입니다. 마천검군께서 그렇게 약조하셨습니다."

진천이 그렇게 말하자 금고진을 비롯한 모두가 아무 말도 할 수 없었다.

어쨌든 목숨을 구할 수 있었으니 뭐라 반박할 수도 없었다. 반박한다면 마천검군은 금고진의 목을 날려 버리고 종남파 무인들의 혀를 뽑아버릴 것이다. 그것보다는 훨씬 나은 처사였다.

"한 시진 정도면 몸에 무리가 가지 않을 것이네."

고명진이 그렇게 말하고는 금고진 앞에 다가왔다.

금고진은 덜덜 떨면서 고명진을 바라보았다. 고명진의 손이 움직이는가 싶더니 빠르게 금고진의 혈을 짚었다.

드드득!

혈이 짚힘과 동시에 금고진의 몸에서 무언가 어긋나는 소리가 들렸다.

"끄, 끄아아아악!"

금고진이 비명을 지르며 바닥을 굴렀다.

고명진은 순식간에 종남파의 모두에게 분근착골의 수법을 실행했다.

"커헉!"

"으아아악!"

그들이 지르는 비명이 주변에 울려 퍼졌다.

"여, 역시 마교로군."

"그래도 꽤나 많이 봐준 것 같은데?"

"명문정파라도 고통은 어쩔 수 없는 건가?"

주변에 있던 자들이 그렇게 수근거렸다. 진천은 비명을 지르며 땅을 구르는 금고진을 차분한 눈으로 바라보았다. 저 고통은 시작일 뿐이었다.

"주군께서 자네와 이야기를 나눠보고 싶다하셨네. 자네의 의중을 묻고 정중히 데려오라더군."

"예, 이만큼 많이 양보해 주셨는데 제가 어찌 거절할 수 있겠습니까?"

"하하하! 좋군. 저자가 자네의 호위인가?"

"예, 그렇습니다."

고명진이 진천의 뒤에 있는 흑운을 바라보며 묻자 진천이 대답했다.

흑운은 고명진의 눈빛을 받고도 전혀 흔들림이 없었다. 오로지 주군만을 생각하는 강한 충정심이 느껴졌다.

'대단하군. 느껴지는 기세를 보아 적어도 화경에 든 고수다. 그리고……'

자신의 검강을 막은 진천은 분명 저자보다 훨씬 뛰어난 경지를 지니고 있었다.

자신이 명확히 파악할 수 없는 점이 그것을 말해주고 있었다.

'천하의 무골을 지녔다. 게다가 상당히 총명해.'

고명진이 본 진천의 근골은 그야말로 완벽했다. 무를 위해 태어났다고 해도 과언이 아닐 정도로 말이다. 고명진은 단문세가의 저력을 볼 수 있었다.

"좋은 호위를 두었군."

"예, 제 분수에 맞지 않지요."

"하하! 겸손한 척하지 말게나."

진천은 고명진을 따라 마차로 다가갔다. 마차를 호위하고 있는 무사들이 보였다. 절정 이상의 기도를 지닌 자들이었다. 마차 안에는 진천 또래의 남자가 앉아 있었다.

유약한 풍모를 지니고 있었는데 병색이 짙은 얼굴이었다.

진천은 그를 본 순간 가망이 없음을 알 수 있었다. 그에게는 이미 죽음이 드리워져 있었다. 사혼단을 지닌 진천은 그것을 알 수 있었다. 그의 선천지기는 이미 고갈되어 있었다.

그는 웃으며 진천을 맞이했다.

"반갑습니다. 마교의 곽문진이라 합니다."

"단문세가의 단진천입니다."

진천은 마차에 올라 그와 마주보며 앉았다.

고명진은 들어오지 않고 문을 닫아주었다.

"제가 직접 갔어야 했는데 몸이 불편하여 어쩔 수 없었습니다."

"아닙니다."

"단천신검의 이야기는 저도 들어 알고 있습니다. 앉아서 글 밖에 읽지 못하는 저에게 큰 감명을 주었지요."

진천과 곽문진은 많은 이야기를 나누었다. 주로 곽문진이 질문하고 진천이 대답하는 식이었다.

진천은 곽문진이 범상치 않은 신분임을 알 수 있었다.

무림맹주와 함께 절대 고수라고 알려진 마교 교주의 피를 잇고 있는 남자였다. 그런 대단한 신분인 곽문진을 종남파의 금고진이 조롱을 한 것이다.

백번 죽어도 할 말이 없는 일이었다. 금고진이 살아난 것은 곽문진이 윤허했기에 가능한 일이었다.

"죽이는 것은 간단한 일이지만 한 번 떨어진 명예는 죽음보다 고통스럽지요. 많은 것을 배웠습니다."

곽문진이 진천에게 그렇게 말했다. 죽음을 앞두었기 때문일까? 곽문진은 진천에게서 무언가를 느낀 것 같았다.

곽문진은 무림맹의 초대를 받아 가고 있었다. 몸이 이렇게도 안 좋은 상태에서 장거리 여행은 치명적으로 작용할 것이다.

무림맹에서 최고의 대접을 해준다고 하더라도 득보다 실이 많은 여행이 분명했다. 진천은 그의 처지를 어렴풋이 짐작할 수 있었다. 권력의 중심에서 멀어진 것 같았다.

'적당한 인물이로군.'

마교에 침투하고 마교를 이용하기에 최적의 조건을 갖춘 인물이었다.

짧지 않은 시간 동안 대화를 나눴다.

"왠지 우리의 인연은 여기서 끝이 날 것 같지 않군요."

"쾌차하시길 빌겠습니다."

그렇게 말한 진천은 마차에서 내려왔다.

"주군께서 즐거워하시는 모습은 무척이나 오랜만이라네. 저들을 살려주기를 잘했군."

"저도 좋은 시간이었습니다."

"그럼 먼저 가보도록 하지. 무림맹에서 볼 수 있었으면 좋겠군."

그렇게 말하며 고명진이 마차에 올랐다. 진천은 마교의 마차가 사라지는 것을 보다가 고개를 돌렸다.

"대단한 고수로군요."

"역시 마교로군."

진천이 부드러운 미소를 그렸다. 그러고는 아직도 바닥을 구르며 비명을 지르고 있는 금고진을 바라보았다.

사람들이 도와주려고 해도 마구 움직이는 탓에 다가갈 수 없었다. 그것은 다른 종남파의 무인들도 마찬가지였다.

"끄아악!"

"커헉! 사, 살려줘!"

그들은 대단히 약해 빠진 정신력을 지니고 있었다. 고통을 극복하지 못한다면 상승 경지로는 절대 나아갈 수 없었다. 저런 자들에게 제압당한 자신이 한심해질 정도였다.

진천은 한 시진 동안 가만히 서서 그들을 바라보았다. 절대 그들에게서 눈을 떼지 않았다. 고통 속에서 한 시진이 지나자 분근착골이 풀리며 그들의 몸이 축 늘어졌다.

그들은 똥오줌을 지리며 기절해 버렸다. 역한 냄새가 퍼지기 시작했다.

"으, 음. 도와줘야 하지 않겠나? 그래도 종남파인데."

"그래, 에이! 희생 한 번 하지, 뭐."

자리를 뜨지 않고 지켜보던 상인들이 기절한 그들을 들고는 마차에 옮겼다.

무림인들은 고개를 절레 내저으며 종남파의 무인들을 바라볼 뿐이었다.

종남파의 기개는 느껴지지 않았고 고통에 똥오줌을 지린 흔적만 남아 있을 뿐이었다.

태을오검 금고진이 태을분검(太乙糞劍)으로 바뀌는 순간이었다.

진천은 미소를 감추며 자리를 떴다. 금고진은 이제 치욕의 시간을 충분히 즐기게 될 것이다.

"저자의 완전한 파멸을 원하십니까?"

"그래, 반드시 그래야 하지."

"그렇다면 앞으로 더욱 볼 만하겠군요."

흑운도 진천과 많이 닮아 있었다. 진천이 낮게 웃음을 흘리자 흑운 역시 따라 웃었다.

정말 즐겁다는 듯한 웃음소리였다.

곧 다시 만나게 될 것이다.

그는 결코 진천에게서 벗어날 수 없었다.

*   *   *

진천과 흑운은 무탈하게 정주에 도착할 수 있었다.

진천과 마천검군의 일화는 진천의 발보다 먼저 퍼져 벌써 정주의 무림인들은 모두 알고 있었다.

종남파의 무인들이 마교에게 큰 결례를 범했지만 진천의 도움으로 목숨을 구했다는 소문이었다.

마천검군의 검을 받아낸 진천은 목숨을 걸었고 마천검군이 크게 감복했다는 이야기도 빠지지 않았다.

진천의 명성은 더욱 높아졌지만 금고진을 비롯한 종남파의 무인들은 아니었다. 한 시진 동안 꼴사납게 비명을 질러댔고 똥오줌까지 지렸다는 소문은 많은 무림인에게 비웃음을 샀다.

진천이 정주에 들어서자 많은 무림인이 접근해 왔다.

진천과 친분을 다지기 위해서였다. 진천은 그들을 무시하지 않고 모두 적당히 상대해 주었다. 그러자 진천의 인품에 대해 찬사하는 자들이 많아지기 시작했다.

진천은 한 무림인에게 정주에서 제일 좋다는 객잔을 소개받았다.

제일 좋다는 말은 제일 사치스럽다는 말이 아니었다. 가격은 다른 객잔과 비슷했지만 무림인들이 즐겨 찾을 정도로 시설과 음식이 괜찮은 곳이었다.

진천은 최고급 객잔에서 머물 수도 있는 은자를 지녔지만 그렇게 하지 않았다. 단진천과 사치는 어울리지 않았기 때문이다.

"저곳이 그 정진객잔인 것 같습니다."

"사람이 많군."

"악천산의 마을과는 딴판이로군요."

상인들뿐만 아니라 무림인들도 대단히 많았다. 진천이 안으로 들어가자 흑운이 조용히 진천을 따랐다.

진천이 들어서자 많은 무림인이 진천을 알아보았다.

진천은 간단한 음식을 주문하고는 방을 잡았다. 방이 손님

들로 가득 찼지만 양보를 받아 방을 잡을 수 있었다.

진천은 바로 식사를 주문했다. 오랜 여행이었지만 진천의 몸에는 노폐물이 전혀 묻어 있지 않았다. 혼기 덕분에 진천의 몸은 늘 깨끗한 상태를 유지하고 있었다.

이 층에 위치한 그럭저럭 전망이 좋은 곳에 앉자 점소이가 바로 음식을 내왔다.

"금고진이 보입니다. 역시 이곳으로 왔군요."

"무림인들 사이에서는 유명한 곳이라 하더군."

금고진은 후기지수들로 보이는 무림인들과 앉아 있었다. 중간에 합석을 한 것으로 보였다.

후기지수들의 비위를 맞추려고 크게 웃고 떠드는 모습은 천박하기 그지없었다.

비무 대회에 참석하는 후기지수들로 보였다.

객잔에서 제일 좋은 자리를 차지하고 있었고 꽤나 호화스러운 음식들이 가득했다.

진천이 조용히 음식을 먹고 있자 그를 알아보는 자들이 하나둘 생기기 시작했다.

"단 소협, 아니십니까? 저는 금창파의 안동일이라 합니다. 소협의 행보에 크게 감탄하였습니다."

안동일을 시작으로 많은 젊은 무림인이 인사를 해왔다.

진천은 그들의 인사를 모두 받아주었다. 겸손한 그의 언행에 많은 이가 크게 감탄한 눈치였다.

진천쯤 되면 오만하게 굴어도 누구도 뭐라 하지 않을 텐데 그는 자신을 크게 낮추며 상대를 높여주고 있었다.

명문세가와 명문정파의 후기지수들이 모여 있는 식탁보다 진천 쪽이 더 주목을 받고 있었다.

진천은 이곳에 머무는 사람들에게 방해가 된다며 그들에게 양해를 구했다.

잠시 뒤에 후기지수들 중에 하나가 다가왔다. 정중하게 인사를 하자 진천도 자리에서 일어나 인사를 했다.

"식사를 방해한 것이 아닌가 모르겠군요."

"아닙니다."

"화산파의 종진우라 합니다. 산동의 영웅이신 단천신검을 만나 뵙게 되어 영광입니다."

"허명일 뿐입니다."

종진우은 사람을 편안하게 해주는 분위기를 가지고 있었다. 선이 굵은 얼굴이었지만 편안한 느낌을 받을 수 있었다.

대단한 미남에 속하는 진천에게 비할 바는 아니었지만 그도 그럭저럭 미남 축에 속했다.

"종남파의 금고진 소협을 구해주셨다고 들었습니다. 결례가 안 된다면 저희가 식사를 대접해 드려도 괜찮겠습니까?"

"도련님, 저는 신경 쓰지 마시고 그쪽으로 가시지요."

혹운이 거들자 진천은 잠시 고민하는 척하다가 자리에서 일어났다.

진천이 합석의 뜻을 보이자 유심히 지켜보던 후기지수들도 기대감에 부풀어 있었다.

진천은 그야말로 군계일학이었다. 눈에 띄지 않으려야 않을 수 없었다.

수려한 용모와 귀품은 좌중을 압도하고 있었다. 진천이 종진우를 따라 합석하자 금고진의 얼굴이 일그러졌다. 하지만 눈치를 보더니 다시 웃는 얼굴로 진천에게 인사했다.

"…저번에는 감사했습니다."

"당연히 감사해야겠지요. 구명지은보다 큰 은혜가 어디 있겠어요?"

금고진의 말에 진천 대신 맞은편에 앉아 있는 여인이 그렇게 말했다. 식탁에 둘러앉은 이들도 고개를 끄덕였다.

"해야 할 일을 했을 뿐입니다."

진천이 그렇게 말하며 부드러운 미소를 그리자 여인들의 얼굴이 붉어졌다. 간단하게 서로를 소개하는 시간을 가졌다.

금고진의 말에 대신 대답한 여인은 모용세가의 모용화였다. 그리고 그녀를 기준으로 하북팽가의 팽설영, 화산파의 종진우, 종남파의 금고진 순으로 앉아 있었다.

자연스럽게 모든 이의 시선은 진천에게 향해 있었다.

금고진은 그것이 못마땅한지 시선을 끌어보려 애썼지만 헛된 노력일 뿐이었다.

팽설영과 모용화는 노골적으로 금고진을 무시했다.

금고진에 대한 평가는 최악으로 치닫고 있었다.

평소에도 인품이 안 좋다는 소문이 자자했는데 이번 일을 계기로 더욱 크게 추락해 버린 것이다. 게다가 태을분검이라는 치욕스러운 별호까지 얻어버렸다.

어떻게든 만회해 보려 종남파의 다른 이들을 떼어놓고 어렵게 합석을 했지만 상황은 더더욱 안 좋아지고 있었다.

타들어가는 금고진의 마음과는 다르게 분위기는 무척이나 화기애애했다.

진천은 시종일관 부드러운 미소를 지으며 분위기를 주도했다.

팽설영과 모용화는 물론이고 종진우까지 진천에게 홀딱 빠져 버렸다.

"그래서 단 소협께서!"

"황보 언니가 부럽네요."

"살수들로부터 황보세가를 지켜내시다니, 정말 대단한 일을 하신 겁니다."

그들의 요청으로 진천은 무용담을 들려주었다. 자랑하는 기색은 없었고 무척이나 객관적으로 상황을 말해주었다. 그러자 그들의 눈앞에서 진천이 겪었던 장면이 보이는 듯했다. 이들 뿐만 아니라 주위에 있던 무림인들도 모두 귀를 쫑긋 세우고 진천의 말을 듣고 있었다.

진천이 부상을 당해 사경을 헤매게 되었다는 말을 했을 때는 모용화는 눈물을 뚝뚝 흘렸고 팽설영은 눈시울을 붉혔다.

주변에서 이야기를 듣고 있던 무림인들이 탄식을 내뱉었다. 그만큼 진천의 이야기는 흡입력이 있었다.

진천이 전문 이야기꾼으로 나간다면 상대할 자가 없을 정도였다.

"하하하! 그, 그 정도는 저도 할 수 있습니다."

금고진이 끼어들어 그런 소리를 하자 주변에 모두가 금고진을 노려보았다.

그에 금고진은 크게 위축되며 입을 다물 수밖에 없었다. 금고진은 모용화에게 환심을 사려고 애쓰는 중이었다.

"예, 여기 계신 모두가 할 수 있는 일입니다. 백도 무림에 속한 자로서 당연히 해야 할 일이기도 합니다."

진천이 그렇게 말하자 사방에서 감탄성이 들려왔다.

벌떡!

"하북양가의 양오운이오! 단 소협의 말씀에 큰 가르침을 얻었소!"

"호북에서 온 구문곽입니다! 단천신검께 많은 것을 배웠습니다. 산동 출신이 아닌 저도 신룡단에 가입할 수 있습니까?"

"저도 신룡단에 들고 싶습니다!"

젊은 무림인들뿐만 아니라 나이가 지긋한 무림인들까지 일어나며 진천에게 그렇게 말했다. 모용화와 팽설영, 그리고 종진우는 뿌듯한 마음으로 진천을 바라보았다. 진천에 대한 찬사가 마치 자신이 받은 것처럼 느껴지고 있었다.

진천은 결국 자리에서 일어나며 모두를 향해 인사를 한 후입을 떼었다.

"신룡단은 젊은 무림인들이 오로지 무로써 협을 행하기 위해 만들어진 것입니다. 불의를 참지 않고 정의를 위해 행동하신다면 모두 신룡단에 들 수 있습니다. 신룡단은 어떤 권력도지니지 않는, 그저 정의를 위한 신념일 뿐입니다."

진천이 그렇게 말하자 모두가 고개를 끄덕이며 감탄했다.

진천은 자리에 앉았다.

분위기가 훈훈해졌다. 객잔에 있는 무림인들이 한데 뭉쳐이야기를 나누기 시작했다. 진천의 말이 그들에게 큰 영향을끼친 것 같았다.

"정말 대단해요."

"소문이 오히려 축소된 것 같습니다."

모용화와 팽설영의 말이었다.

"비무 대회에 참가하시지요? 무림맹주께서 직접 초대하셨다고 들었습니다."

"예, 신경 써주신 덕분에 참가할 수 있게 되었습니다."

"하하, 만약 저와 붙게 되시면 제발 살살 좀 부탁드립니다."

"화산파의 검은 꼭 견식해 보고 싶었습니다. 좀 소협께 많은 가르침을 얻을 수 있겠군요. 최선을 다해보겠습니다."

종진우는 진천의 말에 크게 웃었다. 진천의 말에 웃을 수 있는 건 그의 말에서 진심이 느껴졌기 때문이다. 진천은 물론 진심이 아니었지만 그렇게 믿게 만들고 있었다.

"저와도 겨루셔야 할 것입니다."

"기대하고 있겠습니다."

금고진이 진천에게 그렇게 말했다. 금고진은 진천을 노려보다가 고개를 돌렸다. 부들부들 떨리는 손이 그의 마음을 짐작하게 해주었다.

'모용화에게 마음을 빼앗긴 모양이군.'

모용화는 황보미윤과 더불어 무림오봉에 속해 있었다.

그것은 팽설영 역시 마찬가지였다. 둘 다 상당히 아름다웠고 각자 다른 매력을 지니고 있었다.

진천은 모용화에게 홀딱 빠진 금고진을 보며 부드러운 웃음을 지었다. 그를 단번에 추락시킬 방법이 떠올랐기 때문이다.

진천은 은밀하게 금고진이 깨작거리고 있는 음식에 사기를 흘렸다.

금고진이 음식을 입에 대자 몸에 사기가 침투하기 시작했다.

"무림맹까지 가시니 저희와 함께 가시는 것이 어떠십니까?"

"그렇게 해요!"

"부탁드립니다."

종진우의 말에 모용화와 팽설영이 그렇게 말했다. 진천은 난감하다는 표정을 지었다.

"폐를 끼칠 수는 없습니다."

"아니에요. 마차가 넓어서 곤란했었거든요."

모용화가 제일 적극적이었다. 누가 보더라도 진천에게 홀딱 빠진 모습이었다. 그 모습에 금고진이 진천을 노려보고 있었다.

진천은 사람 좋은 미소를 지으며 고개를 끄덕였다. 마지못해 수락한다는 듯한 모습이었다.

"그럼 부탁드리겠습니다."

진천이 수락하자 분위기는 더욱 좋아졌다. 금고진만이 그 분위기에서 동떨어져 얼굴을 굳히고 있을 뿐이었다. 그러한 분위기 속에서 시간이 흘렀다.

진천은 모두와 급속도로 친해질 수 있었다.

           *   *   *

밤이 되었다. 그들 모두 같은 객잔에 묶고 있었다. 흥미롭게도 모용화가 있는 방이 진천의 바로 옆방이었다.

"그럼, 먼저 올라가 보겠습니다."

진천이 그렇게 말하자 모두가 아쉽다는 표정을 지었다. 하지만 밤이 늦었으니 내일 출발을 위해서라도 쉬는 것이 좋은 선택이었다.

아쉬워하는 그들을 뒤로 하고 진천은 방으로 올라왔다.

방에 들어서자 그의 부드럽던 표정은 사라졌다.

"주군, 인기가 제법 많으신 것 같습니다."

"만들어진 인기일 뿐이지."

"조금은 부럽군요."

흑운의 말에 진천은 피식하고 웃음을 흘렸다.

진천은 조용히 가부좌를 틀며 밤이 깊어지기를 기다렸다.

금고진에게 넣은 사기를 통해 그의 욕망이 극도로 치솟아 오를 것이다.

내부 관조를 할 수 있는 자라면 억누를 수 있겠지만 금고진은 안타깝게도 그만한 경지에 오르지 못했다.

그의 욕망을 극한으로 자극시키고 사기는 자연스럽게 사라질 것이다. 흑운 역시 눈치를 채고 있었다. 오늘 밤이 기대된다는 표정이었다.

흑운은 자신의 주군을 적으로 돌린 이들이 참으로 불쌍해졌다.

진천은 조용히 금고진이 움직이기를 기다리기 시작했다.

                    *   *   *

자신의 방으로 돌아온 금고진은 주먹으로 벽을 쳤다. 도저히 화가 풀리지 않아서였다.

"내가 이런 치욕을!"

단진천을 떠올리면 절로 이가 갈렸다.

그가 목숨을 구해준 것은 사실이었다.

그러나 그때의 고통을 떠올리면 그런 은혜 따위는 그에게 있어 아무것도 아니었다. 오히려 치욕스러운 꼴을 만천하에 공개하게 되어버린 것이다.

금고진은 단진천을 원수로 생각하고 있었다.

'운이 좋았던 거야! 세 치 혀로 농락한 것일 뿐이야!'

금고진은 그렇게 생각하며 자신의 기억을 왜곡했다. 검강을 막은 단진천의 모습은 잊어버린 지 오래였다.

무용화의 경멸스러운 눈빛이 떠오르자 금고진은 몸을 부르르 떨었다.

'태을분검이 아니신가요? 아! 이런 실례를. 태을오검 금고진 소협이시군요.'

분검.

모용화가 그렇게 말했다. 발음상 다른 뜻으로 해석이 가능하기는 했지만 분검이 뜻하는 바가 무엇인지 무림인들은 모두 알고 있었다.

그가 마음을 둔 모용화가 그런 말을 해오자 그의 마음은 산산이 부서져 버렸다. 어떻게든 사내다운 모습을 보여 호감을 사려 노력했지만 단진천의 등장으로 말 그대로 묻혀 버렸다.

"단진천!"

모용화가 그에게 마음을 품고 있는 것이 분명했다.

그를 바라보는 눈빛과 그에게 하는 모든 행동이 그것을 알려주었다.

하지만 단진천에겐 이미 황보미윤이라는 절세미녀가 곁에 있었다. 그럼에도 불구하고 모용화를 유혹하고 있는 것이다.

금고진은 화를 가라앉히려 노력했다. 하지만 그럴수록 몸이 떨려왔고 치솟는 화를 주체할 수 없었다. 게다가 억눌러 놓았던 색욕이 고개를 들었다.

그의 머릿속에 침투한 사기가 그의 생각을 모조리 흐려 버렸다.

색욕과 분노에 휩싸여 정상적인 판단이 불가능해지기 시작했다.

'그래! 먼저 내 걸로 만들면 돼! 감히 누가 종남파의 금고진을 무시하겠어?'

그런 비틀린 생각이 치솟기 시작했다.

모용화를 자신의 것으로 만들고 단진천을 암습할 생각이었다.

금고진은 색공을 익힌 적이 있었다. 남들의 시선을 피해 익힌 색공을 쓴다면 모용화를 자신 없이는 못 사는 여자로 만들 자신이 있었다.

금고진은 모용화의 무공 실력이 자신보다 떨어지니 성공시킬 수 있다는 자신감에 부풀어 올랐다.

금고진은 거친 숨을 내쉬며 밤이 깊어지기를 기다렸다.

시간이 지날수록 그의 색욕과 분노는 점점 더 강해지고 있었다. 모두의 인기척이 들리지 않을 때쯤 금고진이 은밀히 움직이기 시작했다.

경공을 써서 조용히 모용화가 머무는 방에 도착한 금고진은 안의 기척을 느껴보았다. 안은 조용했다. 모용화는 이미 잠든 것으로 보였다.

그는 내력을 일으켜 잠긴 문을 뚫어버리고 문을 열었다. 문을 열자 침상에 누워 곤히 잠들어 있는 모용화가 보였다.

그는 모용화를 본 순간 치솟는 음심을 주체할 수 없었다.

금고진의 색공이 운용되며 눈이 붉어졌다.

금고진이 거친 숨을 몰아쉬며 모용화의 침상에 다가갔다. 인기척을 느낀 모용화가 천천히 눈을 떴다.

모용화는 눈앞에 다가온 금고진의 얼굴을 볼 수 있었다.

"꺄, 업!"

금고진은 모용화의 입을 틀어막고 점혈을 짚었다. 모용화는 눈을 동그랗게 뜬 채 금고진을 바라보았다.

금고진은 음탕한 미소를 그리며 모용화와 눈을 맞추었다.

"흐흐, 내 여자로 만들어주지."

금고진의 모용화의 몸을 더듬기 시작했다. 모용화는 움직이려고 했지만 점혈 때문에 꼼짝도 할 수 없었다.

금고진이 옷을 벗자 혈관이 팽창되어 울긋불긋한 몸이 모습을 드러냈다. 누가 보더라도 색공이었다.

모용화는 몸을 떨었다. 이대로 가다가는 금고진에게 겁탈당할 것이다. 비명을 지르려 했지만 목소리가 나오지 않았다. 금고진이 모용화의 옷을 벗기려 할 때였다.

"금 소협! 대체 무슨 짓을!"

구원의 목소리가 들려왔다. 그 목소리의 주인은 바로 단진천이었다.

모용화는 진천의 모습을 본 순간 눈물을 펑펑 흘리기 시작했다. 그 모습은 무척이나 애처로워 보였다. 금고진은 진천을 보자마자 얼굴을 일그러뜨렸다.

"단진천! 네놈이! 감히 나를!"

금고진은 벌거벗은 채로 그렇게 소리쳤다. 이미 이성을 잃어 자신이 무슨 짓을 하고 있는지도 모르고 있었다.

침상 옆에 있는 모용화의 검에 손을 가져다 대고는 진천에게 검을 겨누었다.

"죽어라!"

금고진이 달려들었다. 그의 검에는 검기가 서려 있었는데 진천을 기필코 죽여 버리겠다는 의지가 담겨 있었다. 모든 내력을 일으킨 공격이었다.

진천은 가볍게 보법을 밟으며 금고진의 검을 피했다. 그동안 상대해 온 자들에 비하면 금고진의 검은 너무나 허접하게 느껴졌다. 잔상을 그리며 사라진 진천의 모습이 모용화의 옆에 나타났다.

완벽한 이형환위였다.

금고진은 진천을 찾기 위해 두리번거리다가 모용화의 옆에 있는 진천을 발견했다.

진천은 빠른 손놀림으로 모용화에게 걸린 점혈을 풀어주었다. 진천은 모용화를 자신의 뒤로 숨겼다.

"보지 마세요. 모용 소저."

진천의 따스한 말이 들려온 순간 그녀는 다시 눈물을 흘리기 시작했다.

"으아아아아!"

금고진이 진천과 모용화가 같이 서 있는 모습에 분노하며 달려들었다.

금고진이 전개하는 초식은 엉성했고 볼품이 없었다. 이성을 잃었기에 더더욱 그랬다.

진천의 주먹이 뻗어나가며 금고진의 가슴을 때렸다.

콰앙!

금고진이 뒤로 날아가며 벽에 부딪혔다.

진천은 손속에 사정을 두었다. 금고진이 여기서 죽으면 안되었기 때문이다.

"네놈! 네놈 때문에!!"

금고진이 억울한 듯 소리쳤다.

"무슨 일입니까? 허억! 이, 이건 도대체!"

"금 소협?"

종진우와 팽설영이 나타났다. 금고진의 발악하는 소리가 들렸기 때문이다.

금고진이 그렇게 소리치길래 습격이라도 받은 줄 알고 무기까지 챙겨왔건만 눈앞에 펼쳐진 상황은 그것과는 너무나 달랐다.

단진천이 모용화를 보호하듯 서 있었고 모용화는 단진천의 뒤에서 울고 있었다. 그리고 금고진은 발가벗은 채로 모용화의 검을 쥐고는 단진천을 향해 소리 지르고 있었다. 누가 보더라도 이해가 되는 상황이었다.

"단 소협! 미쳤습니까? 이게 무슨 짓……."

"시끄럽다! 다 저놈 잘못이야! 저놈만 없었으면 내가 모용화를!! 내 여자로 만들 수 있었단 말이다!"

그의 눈에는 아직도 색욕이 가득했다.

"색공?!"

"종남파의 제자가 색공이라니!"

종진우와 팽설영은 금고진이 색공을 운용 중인 것을 발견했다.

금고진은 스스로 자신이 하려했던 짓을 자백까지 했다.

종진우와 팽설영의 뒤에는 많은 무림인이 몰려와 있었다.

진천은 금고진이 색공을 익히고 있으리라는 것은 생각하지 못했다. 색공이 사기에 반응하며 더욱 격렬하게 그를 색욕으로 물들인 모양이었다.

사기가 사라지자 금고진의 정신이 돌아오기 시작했다.

"무슨… 내가……."

벌거벗고 있는 자신과 손에 들린 모용화의 검이 보였다. 뒤를 바라보니 종진우와 팽설영 그리고 많은 무림인이 분노에 찬 눈으로 금고진을 노려보고 있었다.

"아, 아니야. 내가, 내가 한 게……!"

휘이익! 퍼억!

순식간에 움직인 진천의 주먹이 금고진을 때렸다. 금고진이 피를 토하며 튕겨 나갔다. 벽에 부딪혀 바닥을 구른 금고진의 의식이 점점 어두워져 갔다.

그는 간신히 눈동자를 돌려 진천을 바라보았다.

진천은 웃고 있었다. 누구도 그것을 알아차리지 못했지만 금고진은 똑똑히 보았다.

"단… 진천!"

그의 이름을 부름과 동시에 금고진의 정신이 끊겼다.

*　　　*　　　*

진천은 빠르게 상황을 정리했다.

모용화 대신 진천이 금고진의 행태를 모두에게 알렸다.

진천 덕분에 모용화가 아무런 일도 당하지 않았음을 알자 모두가 안심했다.

그와 동시에 색공까지 쓰며 모용화를 겁탈하려 한 금고진에 대한 분노는 커져갔다.

모용화의 심신을 안정시킨다는 이유로 며칠 더 정주에 머무르기로 했다.

진천이 곁에 있어준 덕분에 모용화의 상태는 많이 안정되었다. 모용화 뿐만 아니라 팽설영도 진천을 무척이나 따르게 되었다.

"죄송해요. 저 때문에……"

"아닙니다."

"이 은혜, 꼭 갚을 게요."

"당연한 일을 했을 뿐입니다."

"꼭 갚게 해주세요!"

진천의 말에 모용화가 진천의 소매를 잡으며 말했다. 진천은 사람 좋은 미소를 그리며 살짝 고개를 끄덕일 뿐이었다.

진천은 지금 모용화의 방에 있었다. 그 일을 당한 후부터 팽설영은 모용화와 같이 방을 썼다.

화기애애하게 이야기를 나누고 있을 때 종진우가 방 안으로 들어왔다.

"금고진이 종남파로 압송된다고 합니다. 이번 일에 대해 종남파에서 전부 배상을 하겠다고 합니다."

"그렇군요."

모용화는 금고진을 떠올릴 때마다 화가 났다. 모용세가의 여식으로서 아무리 기습을 당했다고는 하지만 반항조차 할 수 없던 자신에게 너무나 화가 난 것이다.

"그리고 금고진은 다시는 무공을 익힐 수 없는 몸이 되었다

고 합니다. 과도한 색공 운용으로 혈맥이 파혈된 와중에 내상
까지 입었기 때문이지요."

진천은 그의 말에 고개를 끄덕였다. 진천은 알고 있었다. 색
공을 폭발시킨 것이 바로 자신이었기 때문이다. 게다가 금고
진은 자손을 남길 수 없는 몸이 되어버렸다.

"모용 소저, 모용세가로 돌아가셔서 안정을 취하시는 것이
어떻겠습니까?"

"아니에요. 이 정도에 일에 그럴 필요는 없겠죠. 죄송해요.
제가 너무 시간을 끌었죠?"

종진우가 묻자 모용화는 고개를 저으며 그렇게 말했다.

그녀의 말에 팽설영와 종진우는 고개를 저었다. 진천은 조
용히 자리에서 일어났다.

"저는 잠시 내려가 보겠습니다."

진천은 그렇게 말한 후 방에서 나왔다.

종진우와 모용화 그리고 팽설영은 진천이 어디로 가는지 짐
작하고 있었다.

"금고진을 그렇게 만든 것 때문에 고민이 많으신가 봐요."

"모용 언니, 그 악적은 당장 죽어도 싸요. 그렇게 되지 않았
다면 제가 처리했을 거예요."

"그런 자에게조차 측은지심을 가지고 계시다니 역시 단 소
협이시군요."

모용화에 말에 팽설영과 종진우가 그렇게 말했다. 그들의 마음속에 진천은 이미 강렬하게 자리 잡고 있었다.

영웅으로서 말이다.

* * *

객잔 밖으로 나온 진천은 포박되어 있는 금고진을 볼 수 있었다.

종남파의 제자들이 금고진을 둘러싸고 있었다.

그들은 진천을 보자마자 포권지례를 했다. 진천 역시 포권을 취했다. 그들 중에서 중년의 사내가 진천에게 다가왔다.

태을종검(太乙宗劍)으로 불리는 종남파의 검수였다. 종남파에서 손꼽히는 검술 실력을 지녔다고 알려져 있었다.

"못난 사제의 악행을 막아주셔서 감사드립니다. 사형으로서 제대로 가르침을 주지 못한 제 탓입니다. 구명지은을 베푸셨는데 이런 일이 발생하다니… 정말 유감입니다."

"사람 일이라는 게 어디 마음대로 되겠습니까?"

"그렇지요. 씁쓸합니다. 어렸을 적에는 누구보다 총명한 아이였는데……."

태을종검은 금고진에게 시선을 주었다.

포박되어 있는 금고진은 진천의 모습이 보이자 발악적으로 외치기 시작했다.

"저놈이야! 저놈이 날 이렇게 만들었어! 저, 저놈이!!"

"닥쳐라! 네놈은 사람이 저질러서는 안 되는 짓을 했을 뿐만 아니라 종남파의 이름에 먹칠을 했다!"

"아, 아닙니다! 사형! 제가 한 게 아닙니다! 모두 저 간악한 단진천이······!"

"닥치지 못할까!"

태을종검이 금고진의 얼굴을 후려쳤다. 이빨이 뽑혀 나가며 바닥에 떨어졌다.

진천은 그런 금고진을 바라보다가 고개를 돌렸다.

"끌고 가라!"

태을종검이 그렇게 말하자 금고진이 종남파의 제자들에 의해 끌려가기 시작했다.

태을종검과 진천은 인사를 나누고는 서로 등을 돌렸다.

진천의 입가에는 만족스러운 미소가 떠올라 있었다.

제10장
무림맹

무림맹으로 가는 길은 무척이나 쾌적했다. 진천은 마차에 올라 있었고 흑운은 마부와 함께 밖에 앉아서 이동했다.

무림맹으로 이동하며 그들과 진천은 많은 대화를 나누었다. 그들은 이제 전적으로 진천을 신뢰하고 있었다.

진천이 달이 두 개라고 말한다고해도 믿을 것처럼 말이다.

호칭은 많이 편해져 있었다.

모용화와 팽설영은 진천을 오라버니라 부르고 있었고 종진우는 형님이라 부르고 있었다. 그들의 간곡한 부탁 때문이었다.

"단문세가에서 백호를 기른다는 소문이 정말 사실이었네요!"

"한 번 꼭 보고 싶군요."

모용화과 팽설영은 단문세가로 쳐들어올 기세였다. 진천은 적당히 맞춰주었다. 무척이나 활발한 그녀들이 귀찮기는 했지만 기분 전환 정도는 되었다.

종진우는 진천과 검에 대한 이야기를 주로 나누었다.

종진우는 이야기를 나눌수록 진천에 대한 존경심이 커졌다.

진천의 검에 대한 이해는 다른 이들과 그 관점 자체가 달라 그에게 굉장히 큰 도움을 주었다.

이런저런 이야기를 하며 편안하게 섬서성에 진입할 수 있었다.

섬서성은 화산파와 종남파가 있는 곳이었다.

금고진이 얌전히 종남파에 있었다면 진천을 만나는 일은 없었을 것이다.

종진우는 견문을 쌓기 위해 이곳저곳을 돌아다니다가 비무대회가 열린다는 소문을 듣고 섬서성으로 가는 도중이었다. 그러던 와중에 친분이 있던 모용화와 팽설영과 합류하게 된 것이었다.

무림맹은 서안과 얼마 떨어지지 않은 곳에 위치한 비룡산(飛

龍山)에 근거지를 두고 있었다.

비룡산으로 가는 길목에 오르자 비무 대회를 참가, 그리고 관전하기 위해 온 무림인들이 상당히 많았다.

비룡산의 무림맹은 저 많은 인원을 수용하고도 남을 크기였다. 비룡산에 무림맹이 자리 잡고 있어서인지 서안만큼이나 발달된 도시가 무림맹을 중심으로 자리를 잡고 있었다. 무림인들은 그곳을 용주(龍住)라고 불렀다.

아무런 사건 사고 없이 용주로 진입할 수 있었다.

각지에서 올라온 수많은 무림인의 모습이 보였다. 각 문파를 대표하는 후기지수들을 거느리고 용주에 올라온 것이다.

그들은 하나같이 기개가 넘쳤고 자신감이 충만하게 흐르고 있었다.

"제시간에 도착할 수 있어서 다행이에요."

"일단 무림맹에 가서 비무 대회 신청을 하도록 하죠. 이번 비무 대회는 출신 문파에 상관없이 모두 공평하게 예선부터 시작한다고 하더군요."

모용화와 종진우가 그렇게 말했다.

간단한 비무 대회가 아니었다. 각 문파의 자존심을 건 싸움이었다. 비무 대회를 통해 결정된 후기지수들의 순위가 한동안 그들의 문파에 꼬리표처럼 따라다닐 것이다. 무림맹에서는 새로운 인재를 발견하는 기회로 삼고 있었다.

무림맹의 눈에 띈다는 것은 출세가 보장되는 것과 일맥상통했기에 많은 무림인이 전의를 가다듬고 있었다. 적어도 본선에만 든다면 출세길이 열리는 것과 마찬가지였다.

"사실 우승을 노리고 왔는데 이거 우승은커녕 본선에 들기도 힘들겠군요. 아마 형님께서 우승하실 것 같네요."

"기왕 나왔으면 우승을 노려봐야겠지. 너도 힘내거라."

종진우의 말에 진천이 그렇게 말했다. 종진우가 생각하기에 진천의 우승은 기정사실과 다름없었다.

진천과 검에 대한 이야기를 나눌 때면 종진우는 마치 자신의 스승님을 보는듯한 느낌을 받았다. 아니, 자신의 스승님보다 무언가 더 자유로운 것을 가지고 있는 것 같았다.

진천은 모두와 함께 무림맹으로 향했다. 잘 닦인 거리를 지날 때마다 진천을 알아보는 자들이 늘어났다.

"오, 단천신검 단진천이다!"

"색마 고금진에게서 모용 소저를 구했다지?"

"쯧쯧, 단천신검이 고금진의 목숨을 구해줬는데 은혜를 원수로 갚아도 정도가 있지."

이미 무림맹 안은 진천의 일로 시끌벅적했다. 평화롭게 흘러가는 무림에서는 이런 일들로도 쉽게 화제가 되었다. 자극이 너무나 부족했기 때문이다. 이번 비무 대회도 많은 화제를 낳게 될 것이 분명했다.

'화려하게 보여줘야겠군.'

진천은 이미 우승은 자신의 것이라 생각했다. 무림백천이 참가한다고 하더라도 자신이 있었다. 하지만 후기지수들의 비무이니 무림백천이 등장하는 일은 없을 것이다.

흑운이 나간다고 하더라도 우승은 따 놓은 당상인데 흑운과는 비교할 수 없는 진천이 참가하니 우승은 이미 정해져 있다고 봐도 무방했다.

수라검법을 쓰지 못한다고는 해도 진천에게는 위력적인 단천검법이 있었다. 게다가 악천산에서 본 수많은 비급이 머릿속에 존재했다.

무림맹 안으로 들어서자 등록을 하기 위해 온 많은 젊은 무림인이 보였다.

젊은 무림인들은 진천이 등장하자 역시 그를 알아보았다. 그들 중에는 산동 무림인들도 있었다.

그들이 인사를 해오자 진천은 그들의 인사를 모두 받아주었다.

"역시 인기가 많으시네요."

모용화가 진천의 옆에서 그렇게 말했다. 진천은 그저 웃어 보일 뿐이었다. 순간 진천의 눈이 살짝 커졌다. 익숙한 얼굴이 보였기 때문이다. 도저히 잊을 수 없는 얼굴이었다.

남궁세가의 소가주 남궁휘.

희연이를 죽인 자였다. 남궁휘는 등록을 끝마치고 밖으로 나오고 있었다.

진천 쪽으로 걸어오며 진천과 눈이 마주쳤다. 진천은 치솟는 살기를 간신히 억누르며 그를 바라보았다.

"남궁휘다!"

"단진천과 남궁휘라니 이거 대단한 그림인걸?"

남궁휘는 단진천의 앞에 다가왔다. 종진우와 모용화, 그리고 팽설영과는 상당히 친분이 있는 것 같았다. 남궁휘는 진천을 바라보며 먼저 인사했다.

"남궁세가의 남궁휘라고 합니다."

"단문세가의 단진천입니다."

"산동의 영웅이신 단천신검을 만나 뵙게 되어 영광입니다."

"별말씀을."

남궁휘는 부드러운 미소를 짓고 있었다.

진천은 당장에라도 혼기를 일으켜 박살 내버리고 싶었지만 감내해야 했다. 남궁휘 옆에 서 있는 여인이 보였다. 남궁휘의 뒤에서 다소곳하게 따르고 있었다.

'면사에 인피면구라.'

진천은 그 여인의 면사 뒤에 인피면구를 쓰고 있음을 알 수 있었다. 사법을 익히지 않았다면 그냥 지나쳤을 정도로 대단히 정성을 들인 인피면구였다.

'호위인가?'

검을 차고 있었고 주변을 경계하는 듯한 모습이었다. 신경 쓸 필요는 없을 것이다. 진천은 그녀에게서 시선을 떼어 남궁 휘를 바라보았다.

"본선에서 뵐 수 있었으면 좋겠습니다."

"저 역시 한 수 배우겠습니다."

진천의 말에 남궁휘가 그렇게 말했다. 작별을 고하고는 남 궁휘가 진천의 옆을 스쳐 지나갔다.

진천은 그가 사라질 때까지 정면을 바라보고 있었다.

'금고진보다 더한 고통을 느끼게 해주겠다.'

진천은 그렇게 다짐했다.

"역시 남궁 소협은 대단하네요. 형님에 비할 바는 아니지만 요."

"남궁세가라… 역시 명불허전이군."

종진우의 말에 진천은 평소처럼 대답했다.

그의 마음이 분노로 들끓고 있다는 사실은 그 누구도 눈치 채지 못했다.

주위의 무림인들은 단문세가의 단진천과 남궁세가의 남궁 휘가 만나서 이야기 나눈 것을 두고 수근거리고 있었다.

젊은 무림인들 사이에 가장 영향력이 큰 두 인물이었기 때 문이다. 모든 면에서 단진천이 앞서기는 했지만 가문의 명성에서는 뒤떨어졌다.

남궁세가는 명실상부한 천하제일 세가였다.

진천이 등록을 휘해 본관 옆에 있는 건물로 향하려고 할 때 본관에서 누군가 뛰어나와 진천의 앞에 섰다. 무림맹 소속의 사람으로 보였다.

"단천신검이 아니십니까? 이쪽으로 오시지요. 맹주께서 기다리고 계십니다. 무림맹주께서 초대하신 만큼 등록은 이미되어 있으니 따로 하지 않으셔도 됩니다."

진천이 고개를 끄덕이고는 종진우와 모용화, 그리고 팽설영을 차례대로 바라보았다.

"아, 그럼 저희는 등록하고 나서 숙소에 있을게요."

"기다릴게요, 오라버니."

"다녀오시지요."

종진우와 모용화, 팽설영의 말이었다. 진천은 그들과 잠시 이야기를 나누다가 그를 따라 본관으로 향했다. 본관은 무척이나 으리으리했다. 마치 한 나라의 왕이 살 법한 궁을 보는 것 같았다.

"맹주께서 기다리고 계십니다."

"맹주께서 직접 기다리고 계시다는 말씀이십니까?"

"예, 꼭 만나보고 싶다고 하셨습니다. 단천신검의 신화와도 같은 이야기는 맹주께서도 무척이나 좋아하셨습니다. 백도 무림의 위상을 드높이셨으니 말입니다."

진천을 데려가는 사내의 태도도 굉장히 예의 있었다. 과거의 단진천이었다면 이런 대접을 받지 못했을 것이다. 명성이라는 것은 보이지 않지만 보일 수 있는 것이었다.

'호화스럽군.'

본관의 내부는 사치의 극을 보는 것 같았다. 장인들이 만든 물품들이 가득했다. 어느 정도 걷자 거대한 문이 모습을 드러냈다.

"이곳입니다."

그가 뒤로 물러나 사라졌다. 진천은 거대한 문 앞에 섰다. 그러자 문이 저절로 열리기 시작했다.

누군가 손으로 연 것이 아니었다. 안에서부터 무형의 기운이 뿜어져 나와 문을 당긴 것이다.

진천은 그 기운을 느끼는 순간 거대한 압박을 받았다.

'무림맹주!'

커다란 방 안에 중년의 사내가 서 있었다. 절대자의 기도를 뿜으며 진천을 바라보고 있었다.

진천은 그를 본 순간 아직 자신은 그의 상대가 될 수 없음을 단번에 깨달았다. 적어도 몇 수 위의 실력을 지니고 있었다.

진천은 안으로 들어섰다. 진천이 안으로 걸어오자 무림맹주는 감탄하며 진천을 바라보았다.

"젊은 나이에 대단한 성취를 이루었군."

무림맹주는 진천을 보며 그렇게 말했다. 진천은 무림맹주의 앞에 가서 정중히 인사했다.

"백도 무림의 기둥이신 무림맹주님을 뵙습니다."

"허허, 그렇게 격식을 차릴 것은 없네. 자, 앉아서 이야기를 나누도록 하지."

무림맹주는 방으로 안내했다. 특별한 자만을 초대하는 곳이었다. 무림맹주와 독대를 할 수 있게 만든 방이었다. 무림맹주가 먼저 방으로 들어가 앉자 진천은 맞은편에 앉았다. 가운데에는 다과상이 있었는데 향긋한 차가 올려져 있었다.

진천은 무림맹주를 바라보았다. 스승님과 가족들을 죽인 원흉이 눈앞에 있었다. 황제와 같은 권력을 누리면서 호화스러운 생활을 하고 있었다.

'모든 것을 빼앗아 내가 느낀 고통을 맛보게 해주겠다.'

진천은 그렇게 다짐하고 또 다짐했다. 무림맹주는 그런 진천의 속마음을 알 길이 없었다.

진천은 무척이나 공손한 태도를 보이고 있었다. 무림맹주는 사람 좋은 미소를 그리며 직접 차를 따라주었다.

"이곳으로 오는 동안 굉장한 일을 했더군. 마교의 마천검군으로부터 종남파의 제자들을 구한 일은 나도 감명을 받았네."

"안타까울 뿐입니다."

"그렇지. 자네가 살려준 목숨을 악을 행하는데 썼으니 말이지. 인생사 한 치 앞도 알 수 없다는 말이 실감이 되더군. 하지만 다행히 자네가 잘 처리하지 않았는가."

무림맹주는 처리라는 말을 썼다. 금고진을 처리했다라는 말을 써서 진천의 의중을 파악하려는 것으로 보였다. 진천이 어떤 인물인지 가늠하고 있는 것이다.

"과하게 손을 쓴 점이 마음에 걸리긴 합니다."

"하하, 자네는 정말 착해 빠졌군. 그러한 악적에게 동정을 가질 수 있으니 말이야."

"저는 단지 백도 무림에 속한 자로서 올바른 일을 하고 싶었습니다."

"그 과정에서 사람이 죽거나 다치는 것이 고민인가?"

"예."

맹주가 그렇게 묻자 진천은 고개를 끄덕이며 대답했다.

"그건 어쩔 수 없는 것이네. 목숨, 그것은 귀한 것이지. 어떤 보물과도 바꿀 수 없는 것이야. 하나 대의(大義)에는 미치지 못한다네. 대의에는 적들이 많아. 부디 자네의 신념을 행하는데 망설이지 말게나."

"명심하겠습니다."

"그래, 아! 금고진은 종남파와 모용세가와 협의 후 처리하기로 했네. 무림맹이 나서게 된다면 종남파 뿐만이 아니라 모용세가도 곤란해지니 그쯤에서 마무리 짓는 걸로 했지. 아마 금고진이 다시 세상에 나오는 일은 없을 것이네."

금고진은 죽음보다 더한 형벌을 받게 된 것인지도 몰랐다.

"그가 익히고 있는 색공이 폭주하여 그 사달이 난 것으로 보이더군."

"그렇군요. 저는 그가 갑자기 이상 행동을 한 것이 의문이었습니다. 역시 맹주님께서는 바다와 같은 혜안(慧眼)을 가지고 계시군요."

"하하하, 내 얼굴에 금칠을 제대로 해주는군."

진천의 태도가 마음에 든 모양이었다. 무림맹주는 진천을 보며 고개를 끄덕였다.

그의 눈에는 진천이 복덩어리로 보였다. 기세 좋게 날뛰던 종남파의 콧대를 꺾었을 뿐만이 아니라 종남파와 모용세가에 빚을 지게 할 수 있었다.

무림맹이 한발 물러나서 사태를 본다는 입장을 취하는 것으로 사태가 빠르게 수습된 것이다.

'젊은 나이에 저 정도 경지라……. 천하의 무골이 따로 없군. 잘 기른다면 후계로도 전혀 손색이 없을 정도야.'

무림맹주 지존신검 곽운제.

그에게는 아들이 없었다. 많은 첩을 거느리기는 했지만 그녀들 사이에서 낳은 자식은 본인의 자식으로서 인정하지 않았다. 자칫 무림맹의 분열을 야기할 수 있었기 때문이다.

그에게는 딸 하나가 전부였다.

여자인 것이 늘 안타까웠지만 지금은 오히려 그 점이 다행이라고 생각되었다.

단진천의 마음을 사로잡기에 어디 하나 부족함이 없었다.

'일단 내 사람으로 만들어야겠군. 그를 산동 무림회의 회주로 만든다면……'

무림맹의 영향력은 더욱 커질 것이다. 산동 무림 자체를 무림맹이 꿀꺽할 수도 있었다.

곽운제는 그렇게 생각하며 진천을 바라보았다.

"내 자네를 백도 무림을 위해 중히 쓰고 싶네."

"백도 무림을 위해서라면 하지 못할 일이 뭐가 있겠습니까?"

"하하, 마음에 드는군."

진천과 곽운제의 대화가 좋은 분위기 속에서 계속되었다. 진천은 최대한 곽운제의 비위를 맞추며 환심을 샀다. 대화가 계속될수록 곽운제는 진천에게 매료되고 있었다.

곽운제는 진천이 마치 자신의 마음을 읽고 있는 것처럼 느껴졌다.

야망과 탐욕에 불타고 난 후 텅 비어버린 마음을 위로해 주고 있는 것 같았다. 대화가 끝날 때쯤 곽운제는 진천을 무척이나 편하게 대했다. 오랫동안 본 사이처럼 대하고 있었다.

"꼭 우승하게나. 내 지켜보도록 하지."

"예, 반드시 우승하도록 하겠습니다."

"그래. 음, 비무 대회 후에 같이 식사를 하도록 하지."

"영광입니다."

곽운제는 흡족한 미소를 지으며 고개를 끄덕였다. 진천이 물러나자마자 사람을 불렀다.

"미예를 데리고 오도록 하라."

"명을 따르겠습니다."

곽운제의 뒤에서 나타난 인물이 순식간에 사라졌다.

곽운제는 남자를 지배할 수 있는 유일한 존재가 여자라고 생각하고 있었다.

$$* \qquad * \qquad *$$

무림맹에서 나온 진천은 긴 숨을 내쉬었다. 그답지 않게 지친 표정이었다. 들끓는 살기를 조절하느라 심신이 지친 것이었다.

무림맹주는 절대 고수라 칭해도 부족함이 없는 인물이라서 자신의 본심을 숨기려 필사적으로 노력해야만 했다.

'다행히 사혼단의 존재를 알아차리지는 못하는군.'

흑운도 안전할 것으로 보였다. 사기를 잘 갈무리하면 알아차릴 수 없을 것이다.

무림맹 밖에서 대기하고 있던 흑운이 다가왔다.

"도련님, 무림맹주님과 직접 독대하셨다고 들었습니다."

"음, 역시 진정한 백도 무림의 지주시더군."

"그렇습니까?"

흑운과 진천은 주변을 의식하며 그렇게 대화를 했다. 이곳에는 눈과 귀가 많았다. 그렇기에 극도로 조심해야만 했다. 그러한 대화였지만 흑운은 진천의 본심을 알 수 있었다.

흑운이 본 진천은 분노하고 있었다. 금고진 때와는 비교도할 수 없었다.

진천의 그런 마음에 사기가 영향을 받아 흑운 역시 강렬한적의를 가지게 되었다.

"숙소를 배정해 주셨더군요. 모시겠습니다."

"그래."

무림맹에서 직접 숙소를 배정해 주었다.

무림맹에서 용주의 객잔을 통째로 빌렸는데 진천에게 배정된 곳은 용주에서 가장 좋고 화려한 객잔이었다.

무림맹이 진천을 어떻게 생각하고 있는지 알려주는 대목이었다.

다른 후기지수들도 꽤나 좋은 대접을 받아 좋은 숙소에 머물고 있었지만 진천에 비할 바는 아니었다.

용주의 거리는 비무 대회로 들썩이고 있었다. 벌써부터 우승자를 점치는 목소리가 들려왔다.

진천의 이름은 어디에서도 빠지지 않았다. 가장 유력한 우승 후보가 단진천이었고 그 다음이 남궁휘였다.

"이곳입니다."

지금껏 머문 그 어떤 객잔보다 컸다. 하지만 사람이 많이 없었는데 무림맹에서 통째로 빌린 만큼 허가된 사람만 들어갈 수 있었기 때문이다. 오대세가와 구파일방의 후기지수들, 그리고 특별한 손님 정도만이 이용할 수 있을 것이다.

진천이 안으로 들어가자 익숙한 얼굴이 보였다. 종진우와 모용화, 팽설영이 넓은 식탁에 둘러 앉아 이야기를 나누고 있었다. 그리고 황보미윤의 모습도 보였다. 비무 대회에 참가하는 것이 아닌 관전을 하러 온 것이었다.

진천이 안으로 들어오자 모두의 시선이 진천에게 닿았다.

"단 공자님!"

황보미윤이 자리에서 벌떡 일어나 진천의 앞에 달려왔다. 반가운 마음에 진천의 손을 덥석 붙잡았다.

"오랜만이군요."

"네, 정말 오랜만이에요."

눈시울까지 붉히는 그녀를 보며 살짝 웃어줄 뿐이었다.

모용화는 부럽다는 듯 황보미윤과 진천을 바라보다가 손을 흔들었다.

"이쪽으로 오세요!"

식사가 막 나온 모양이었다.

진천은 방으로 올라가 쉬고 싶었지만 간절한 눈빛을 보내오는 황보미윤 탓에 그럴 수 없었다.

"도련님, 저는 올라가 짐을 정리하고 있겠습니다."

흑운이 그렇게 말하니 더욱더 벗어날 수 없게 되어버렸다.

진천은 결국 합석할 수밖에 없었다. 황보미윤은 자연스럽게 진천의 옆자리에 앉았다.

"무림맹주님과 독대를 하셨다고 들었어요."

"예, 듣던 대로 대단하신 분이더군요."

황보미윤의 말에 진천이 그렇게 말하자 모두의 눈빛이 반짝였다.

진천은 무림맹주와 나누었던 대화를 짧게 축약해서 말해주었다.

제법 즐거운 분위기 속에서 식사를 했다. 진천은 들끓던 분노가 많이 옅어지는 것을 느꼈다.

사람의 마음이라는 것이 참 간사해서 절대 잊을 수 없을 것 같던 분노도 즐거움이 다가오면 어느새 옅어져 버린다.

하지만 지금은 마냥 분노해서는 안 되었다. 판단력이 흐려질 우려가 있었기에 분노를 경계해야만 했다. 앞으로 무림맹주와 자주 마주치게 될 것이다. 익숙해져야만 했다.

진천에게 여러 후기지수들이 다가왔다. 그들과 인사를 하며 이야기를 나누다 보니 어느새 후기지수들의 중심에는 진천이 위치하게 되었다.

오로지 남궁휘만이 철저히 다른 이들을 외면한 채 다른 곳에서 앉아 있을 뿐이었다.

진천은 그에게 시선을 주었다가 고개를 돌렸다. 그는 금고진처럼 쉽게 처리할 수 없는 상대였다. 금고진은 상황이 절묘했다고 말할 수 있었다.

'남궁세가라… 재미있겠군.'

진천은 그렇게 생각하며 부드러운 웃음을 지을 뿐이었다.

제11장
비무 대회

드디어 모두가 기다리는 비무 대회 당일이 되었다.

비무 대회는 무림맹 본관 앞에 마련된 비무장에서 치러졌다. 얼마 전에 공사가 끝나 많은 이를 수용할 수 있었다.

무림을 대표하는 인물들을 위한 관전석도 마련되어 있었다. 본선에서는 무림맹주가 그곳에서 직접 참관한다고 한다.

진천은 넓은 방에서 깔끔한 무복으로 갈아입었다. 단문세가를 상징하는 자수가 새겨진 옷이었다.

진천은 단천검을 손에 들고 비무장으로 향하기 시작했다.

누구나 예선부터 참여해야 했다. 무림맹은 본선의 재미를 더하기 위해 유명한 후기지수들이 서로 충돌하지 않도록 배정했다.

진천의 비무는 제일 처음이었다. 무림맹에서 처음부터 사람들의 기대를 끌기 위해 제일 처음으로 배정한 것이었다. 무림맹주가 진천을 신경 써준 것이 분명했다.

'잘 되었군.'

진천은 이곳에서 큰 명성을 얻을 생각이었다. 확실하게 자신의 실력을 보여줄 생각이었다. 물론 그것은 단진천으로서의 실력이었다.

진천은 잠시 비무장 옆에 마련되어 있는 대기소에서 머물렀다. 대기소 밖에서 웅성거리는 사람들의 소리가 들려왔다. 대기소에는 황보미윤과 모용화, 그리고 종진우가 직접 찾아왔다.

그들의 좌석은 아주 좋은 자리에 배정되어 있었지만 응원하기 위해 이렇게 대기소로 온 것이다.

"춘창파의 안동구는 다소 잔인한 면모를 지녔다고 해요."

황보미윤이 진천에게 말했다.

걱정이 담긴 목소리였지만 그것이 과한 걱정이라는 것을 이곳의 모두가 알고 있었다.

진천은 고개를 끄덕이고는 비무장을 바라보았다.

드디어 시간이 되었다. 진천이 비무장에 오르는 순간 좌중들이 환호성을 내지르기 시작했다.

"단천신검!!"

"단천신검이다!"

"와아아!

진천의 모습을 보며 잔뜩 흥분하여 소리를 지르고 있었다.

진천은 태연한 표정으로 비무장에 올랐다. 단천검을 들고 비무장에 서 있는 모습은 한 폭의 그림 같았다.

얼굴을 잔뜩 구기고 있는 안동구가 보였다.

그는 덩치가 무척이나 큰 사내였는데 커다란 도끼를 들고 있었다. 그의 덩치와 잘 어울리는 도끼였다.

"흥, 소문은 과장일 뿐이다."

진천이 마음에 들지 않는 모양이었다.

안동구는 진천을 보며 실소를 머금었다. 진천에게서 그 어떤 기세도 느껴지지 않았기 때문이다.

소문은 그야말로 화려했지만 안동구는 단지 소문이라고 치부할 뿐이었다. 게다가 그는 무공에 자신이 있었다. 절정을 넘긴 자신의 실력은 구파일방의 후기지수들과 비교해도 꿇리지 않을 것이다.

진천은 그런 안동구의 생각을 읽으며 미소를 지었다.

진천의 여유로운 모습에 안동구는 다시 잔뜩 인상을 구기고는 전신 내력을 일으켰다.

"하압!!"

안동구가 기합을 내지르며 달려들었다.

춘창파가 자랑하는 들소와 같은 보법을 밟으며 순식간에 진천의 앞에 도달해서 도끼를 위에서부터 찍어 내렸다. 내력을 머금은 도끼에서는 푸르스름한 기운이 솟아나고 있었다.

안동구는 비무라고 보기보다는 생사의 대결을 하는 것 같은 느낌이었다.

콰앙!!

안동구의 도끼가 진천을 가르는가 싶더니 진천의 모습이 허상이 되어 사라졌다.

"무슨!?"

안동구는 놀라며 주변을 두리번거렸다. 진천의 모습이 보이지 않았기 때문이다. 뒤에서 느껴지는 인기척에 황급히 몸을 돌리니 진천이 전과 같은 모습으로 서 있었다.

"이, 이형환위!"

"대단한 보법이다!"

좌중들이 진천의 이형환위의 수법을 보며 그렇게 외쳤다. 안동구는 식은땀을 흘렸다. 어떻게 움직였는지조차 보지 못했다. 안동구는 다시금 내력을 일으키며 달려들었다.

안동구의 도끼가 마구 휘둘러졌다. 춘창파가 자랑하는 무공 중에 하나였다. 지금껏 만난 상대를 모두 분쇄했던 다소

잔인한 면이 있는 무공이었다. 하지만 진천은 마치 갈대가 움직이는 것처럼 가볍게 피할 뿐이었다.

"쥐새끼처럼… 커헉!"

그가 입을 떼어 진천을 도발함과 동시에 진천이 검 손잡이로 그의 가슴을 때렸다.

안동구의 몸이 뒤로 크게 밀려났다. 안동구의 한쪽 무릎이 꿇려졌다.

안동구는 숨을 몰아쉬며 들끓는 내기를 진정시키려 애썼다.

진천은 그런 그에게 시간을 주었다. 안동구가 자리에서 일어나며 진천을 노려보았다.

안동구는 방금 그 일격에 극명한 수준 차이를 느꼈다. 자신의 무공은 결코 진천에게 닿을 수 없음을 깨달은 것이다. 그러자 진천을 깔보는 마음은 사라졌다.

진천의 모습이 명확히 보였다. 자만심을 버리고 진천을 바라보니 그가 무척이나 거대한 사람처럼 느껴졌다.

"인정할 수밖에 없군. 과연 단천신검이오. 비무이기는 하나 이번 일격에 내 모든 것을 걸어도 되겠소?"

비무에서는 살상을 허용치 않았다.

하지만 안동구는 진천에게 양해를 구한 후 자신의 절기를 선보이려 하고 있다. 안동구의 말은 모든 좌중들에게 명확히 들렸다.

"춘창파의 무공을 견식할 수 있는 기회를 줘서 감사드립니다."

"하하, 좋소."

안동구는 그가 할 수 있는 가장 강력한 초식을 준비했다. 전신의 내력을 아낌없이 쏟아 붓고 있는 것이다. 진천은 그런 그의 모습을 보며 천천히 검을 들었다.

안동구가 보법을 밟으며 달려들었다. 성난 들소처럼 달려들어 거대한 도끼를 마구 휘둘렀다.

무차별적으로 휘두른 것 같지만 그 안에는 흐름이 있었고 정형화된 초식이 존재했다.

진천은 그것을 읽을 수 있었다. 전면을 가득 채우며 돌격해 오는 초식 하나하나가 가공할 위력을 지니고 있었다.

'내가 아니었다면 본선까지는 오를 수도 있었겠군.'

진천은 안동구의 도끼가 자신에게 향해 오는 와중에도 그렇게 생각했다.

안동구의 공격이 진천의 지척에 도달한 순간 진천은 검을 뽑었다.

지이잉!

단천검이 검명을 토해내며 진동했다. 진천의 손에서 뻗어간 단천검이 정확히 안동구의 도끼에 닿았다. 빠르게 휘두르는 순간이었지만 정확히 도끼를 찌른 것이다.

콰아앙!

안동구의 도끼가 공중으로 치솟았다. 진천의 내력을 이기지 못하고 도끼날이 부러지며 공중으로 치솟은 것이다.

안동구는 날이 사라진 자신의 도끼를 바라보다가 깊은 숨을 내쉬었다.

"내 패배오."

"좋은 승부였습니다."

안동구는 패배했지만 만족한 모습이었다. 진천의 움직임에서 무언가 얻은 것 같았다.

"와아아아!"

"단천신검!!"

"역시 단천신검이야!"

좌중들이 환호성을 질렀다. 처음부터 굉장히 수준 높은 대결이 나왔기 때문에 모두가 흥분했다.

진천은 마치 절대자와도 같은 풍모를 보이며 상대를 제압했다.

'괜찮군.'

안동구 정도 되지 않는 자가 나왔더라면 이와 같은 반응은 없었을 것이다.

'무림맹주가 손을 써준 것인가?'

무림맹주는 진천을 확실히 띄울 생각으로 보였다. 무림맹주의 속내가 뻔히 보였다.

　　진천은 그의 장단에 맞춰주며 무림맹주가 자신을 완전히 신뢰하게 만들 생각이었다. 그가 자신을 완전히 믿고 의지할 때 그의 모든 것을 빼앗고 가장 큰 고통 속에서 최후를 맞이하게 할 것이다.

　　진천은 비무대를 내려왔다.

　　진천의 첫 비무는 많은 환호 속에서 깔끔하게 막을 내렸다. 그의 얼굴에는 싸늘한 미소만이 그려져 있을 뿐이었다.

『역천마신』 4권에 계속…

초대형 24시 만화방

신간 100%, 샤워실, 흡연실, 수면실(침대석), 커플석, 세탁기 완비

▪ 강북 노원역점 ▪

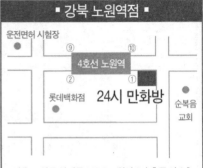

서울 노원구 상계동 340-6 노원역 1번 출구 앞 3층
02) 951-8324 (화용빌딩 3층)

▪ 일산 정발산역점 ▪

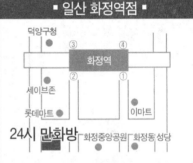

라페스타 E동 건너편 먹자골목 내 객잔건물 5층
031) 914-1957

▪ 일산 화정역점 ▪

경기도 고양시 덕양구 화정동 984번지 서일빌딩 7층
031) 979-4874 (서일사우나 건물 7층)

▪ 부천 역곡역점 ▪

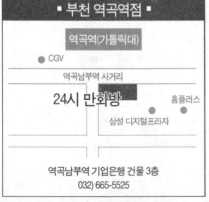

역곡남부역 기업은행 건물 3층
032) 665-5525

▪ 부평역점 ▪

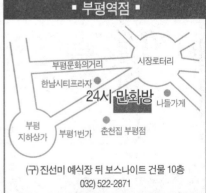

(구) 진선미 예식장 뒤 보스나이트 건물 10층
032) 522-2871

FUSION FANTASTIC STORY

말리브해적 장편소설

MLB
메이저리그

유료독자 누적 1200만!

행복해지고 싶은 이들을 위한 동화 같은 소설.

『MLB-메이저리그』

100마일의 강속구를 던지는
메이저리그의 전설적인 괴짜 투수 강삼열.
그가 펼치는 뜨거운 도전과 아름다운 이야기!
승리를 위해 외치는 소리—

"파워업!"

그라운드에 파워업이 울려 퍼질 때,

전설이 시작된다!

十字星 십자성 전왕의 검

허담 新무협 판타지 소설
FANTASTIC ORIENTAL HEROES

신력을 타고났으나 그것은 축복이 아닌 저주였다.

『십자성 - 전왕의 검』

남과 다르기에 계속된 도망자의 삶.
거듭된 도망의 끝은 북방 이민족의 땅이었다.
야만자의 땅에서 적풍은 마침내 검을 드는데……!

"다시는 숨어 살지 않겠다!"

쫓기지 않고 군림하리라!
절대마지 십자성을 거느린
적풍의 압도적인 무림행이 시작된다!

paráclito

빠라끌리또

FUSION FANTASTIC STORY

가프 장편 소설

막장 비리 검사가
최고의 검사로 거듭나기까지!
그에겐 비밀스러운 친구가 있었다.

『빠라끌리또』

운명의 동반자가 된 '빠라끌리또'가 던진 한마디.

-밍글라바(안녕하세요)!

그 한마디는 막장 비리 검사, 송승우의
모든 것을 통째로 리뉴얼시켜 버렸다.

빠라끌리또=Helper, 협력자, 성령.

Book Publishing CHUNGEORAM

유행이 아닌 자유추구-
WWW.chungeoram.com

철백 新무협 판타지 소설

FANTASTIC ORIENTAL HEROES

大武

대무사

피와 비명으로 얼룩진 정마대전의 종결.
그리고…

"오늘부로 혈영대는 해산한다."

혈영대주 이신.
혈영사신(血影死神)이라고 불리는 그가
장장 십오 년 만에 귀향길에 올랐다.

더 이상 전쟁의 영웅도, 사신도 아니다!

무사 중의 무사, 대무사 이신.
전 무림이 그의 행보를 주목한다!

Book Publishing CHUNGEORAM

유행이 아닌 자유추구 -
WWW.chungeoram.com